幸せは夢

藤ゆき子

文芸社

幸せは夢○目次

第一章　ある春の夜の出来事

五月の空は真っ青に晴れ上がり、鯉のぼりが気持ちよく泳いでいる。こんなに気持ちのいい昼下がり、私は一人、テレビを見ながらお茶を飲んでいた。そして、その画面に釘付けになってしまった。

こんな日がいつかはくるのではと心のどこかで恐れていたが、実際には偶然なんてめったにあるものではないと、どこかで忘れかけていた。そんな私に、突然現実となって、目の前に過去が引きずり出されてきた。体中の骨がカタカタと鳴り、外にまで聞こえるのではないかと思うほど体が震えた。両手で体を抱き締め、震えを抑えようとしたが、その両手に力はなく、頭の中は真っ白。今自分が何をしようとしているのか、どうすればいいのか、それさえ分からず、ただぼーっとテレビに見入っていた。

(こんなことって、こんなことって……。嘘でしょ)

と私は心の中で何度も何度も叫びながら、画面を見ていた。

「過去を償い、更生し、若者のよき指導者に変身した男」

タイトルを見て、またも私は、

(冗談でしょ、冗談じゃないわ。何が『よき指導者』よ。何を誰に、どうやって償ったの

よ。お前のために、私の人生はめちゃめちゃになってしまったのよ。償ったというなら、私も元の二十歳の体に戻してよ)

声にならない叫びを上げながら、あの忌まわしい出来事が体中をかけめぐっていた……。

第一章　ある春の夜の出来事

事は今から二十一年もの昔、忘れもしないある春の夜の出来事から始まった。

そのころ、私は両親と一緒に那須に住んでいた。仕事から帰った私は、いつものように着替えをしていた。そこへ父が、「駅まで母さんを迎えにいってくる。夕飯は帰りに何か買ってくる」といって出かけていった。私はお風呂に火をつけ、時計を見るとまだ六時前だったので、テレビのスイッチを入れてこたつに座りこんだ。雨の音がしている。私が仕事から帰るときは小雨だったのが、だいぶ本降りになりそうな感じの雨の音がしてきた。

少しするとお風呂のブザーが鳴り、お風呂が沸いたことを知らせた。新聞の番組欄に赤いマジックで印をつけ、もう一度時計を見ると、まだ三十分しか過ぎていない。見たい番組までまだ時間があるので、先にお風呂に入ることにした。

お風呂が嫌いではないが烏の行水の私は、さっと洗ってさっと上がってきた。そのとき、表で物音がした。両親が帰る時間ではないので、玄関の戸をそっと少し開けてみた。薄暗い表は、雨が間断なく降っていた。目を凝らして見ていると、納屋の隅に人らしき影が動き、私の方をうかがっているように見えた。

「誰、誰なの」

と声をかけた。するとその人影は観念したのか、助かったと思ったのか、ぽつりと低い声でいった。

「腹が減って、寒くて動けない」

私も馬鹿な女だったとあとでつくづく反省と後悔をしたが、そのときは目の前のか弱い子羊を助けてあげなければ、と思ったことは事実だった。

玄関に入れて、今どき、空腹な人間がいるのかと思いながら、

「何もないけれど」

といってパンにジャムを塗って、インスタントコーヒーをいれてやった。見れば薄汚れたジャンパーにトレーナーらしきシャツの薄着で、この雨の中をさまよっていたのかと思

い、かわいそうにと同情していた。

三十歳くらいのその男は、コーヒーを両手で包みこむようにして口に運んだ。そして目を閉じて、コーヒーが喉をつたい、胃の方に流れて落ちていくのをじっと味わっていた。

「ああ、うまい。助かった」

と何度も何度もいいながら、パンを三枚、ペロッと食べてしまった。私が、

「コーヒーのお代わりは？」

と手を出せば、

「すみません、いただきます」

とカップを出した。二杯目を飲み終えるとやっと落ち着きを見せ、そばにあったタオルで顔を拭き始めた。

「そんなに濡れていては寒いでしょ」

と私は父の作業服を軒下の竿から外して、その男に渡した。男は、

「ありがとう」

と私の渡した父の作業服を手にして、

「どこで着替えたらいいか」

と私に聞いてきた。私は玄関に入れてしまったので、今さら雨の降っている外でとはいえないと思い、反射的に廊下を指差してしまった。男は黙って廊下に行き、私の見えないところでガサゴソと着替えをしていた。そして濡れた洋服を私が差し出したビニール袋に入れて、もといた玄関の上がり框《かまち》に腰をかけ、

「いろいろありがとう。コーヒーをもう一杯、いただけませんか」

と注文した。

どこまで図々しい男だろうと思いながら、私も気軽にコーヒーをいれてしまった。男には私が気を許しているように見えたのだろう、だんだんと本性を見せてきた。あちらこちらと家の中を見渡して、誰もいないことに気づいた様子だった。私が、

「もうお帰りください。両親が戻りますから」

とその男にいうと、男は、駅までどのくらい距離があるか、歩いていくことができるか聞いてきた。私は、ここに来るのになんで来たのかと聞き返した。すると男は、

「三日前にヒッチハイクで、東京の品川から魚を運ぶトラックに乗せてもらったんだ」

といった。東京で暮らしているにしては、なんとなく訛りが気にかかった。私はふーん、とうなずきながら、お金はないのかと聞いた。東京を出るときに少しは持っていたが、それも一日で使いきってしまい、今は無一文になってしまったそうだ。

私はもう、両親が帰ってくる前に出ていってほしかったので、自分のバッグから一万円札を出して、

「これで車を拾っていけば、二十分くらいで那須塩原駅に着くわ」

といいながら、男の手にお金を握らせた。

どのくらいの時間が過ぎたのか分からないまま、私は玄関にうずくまっていた。

ふいに、父の呼ぶ声で我に返り、ハッとした。

「どうしたんだ。具合でも悪いのか」

その声に、父の後ろから母も顔を出し、

「具合が悪いなら、部屋に行って休みなさい」

と両親は暢気なことをいった。私はおもむろに立ち上がり、まだ残っているであろう私

の体の中の異物に寒気を感じていた。幸いといっていいのか、鈍感というべきか、両親はまさか自分たちの娘に今、大変な事態が起きたとは想像もつかなかったのだから、仕方ないのかもしれない。

一晩中、おぞましい出来事に眠れないまま朝がきてしまった。

母が、具合はどうかと部屋に入ってきた。私は、

「今日は会社を休むから、あとで電話をかけておいて」

と頼み、食事もいらないと告げて、また布団に潜りこみ、頭からすっぽり布団をかけた。真っ暗な布団の中、目を閉じても目を開けても、男の顔が追いかけてきて苦しくなる。布団をめくり上げ、どうしたらこの苦しみから逃れることができるのか、泣くこともできず身の置きどころもなく、苦しんでいた。

そこに、今度は父が心配そうに尋ねてきた。

「病院にいくなら、車を出しておくが」

「大丈夫、熱はないから。少しすれば治るから」

という気休めを、私はまるで自分にいい聞かせるように父にいった。

表で母が「洗濯物がなくなっている」と騒いでいる。父が私の部屋を出ていきながら、

「そんなボロ、持っていってもしょうがないのにね」

と笑っていた。

「そういう問題ではない」

と母が返していた。

「そう。そういう問題ではないのよ」

私は独り言のようにいった。

結局、私は十日ほど会社を休んでしまった。入社以来、初めての長い休暇になってしまった。


それから一カ月が過ぎ、毎日くよくよしながら仕事やほかのすべてに集中できないでいる自分に疲れきり、やっと「転んでケガをしたんだ」と心の中で、自分にいい聞かせることに少しずつ少しずつ慣れてきていた。

ある日、私が会社から帰ると、玄関に続く細い道の脇に警察のオートバイが停めてあっ

た。何があったのか心配になった私は、小走りで家の中に駆けこんだ。すると、玄関の上がり框に両親が座り、何やら交番の巡査と話をしていた。

「どうしたの。何があったの」

と私は聞いた。

「ああ、お嬢さんですか。おじゃましています。今、お仕事の帰りですか」

と巡査は私に顔を向けた。そのとき、父は手に握っていた一枚の写真を私に差し出して、

「空き巣、婦女暴行の犯人だそうだ。お前、見たことあるか」

私の胸はものすごい速さで動悸を打っていた。

紛れもない、あの男の顔が目の前にあった。私は平静を保ちながら、

「知らない。見たこともない」

と答えるのが精一杯だった。

やっとやっと忘れてきたのに、自分なりになんとか忘れようと毎日毎日、心の中で葛藤していたのに、見たくもないものをまた見てしまった。

「この男は逮捕したのですが、余罪があると見て一軒一軒聞きこみをしています」

と巡査はいう。母は、軒下の父の作業服が以前になくなっていたが、ボロでもあるし、とくに届けるつもりはなかったことを話した。

聞くところによれば、その男は生まれは青森で、十三歳のとき東京の親戚に預けられた。が、どうしても叔父や叔母に、そして東京の暮らしになじめず、何度も家出を繰り返し、保護されては叔父や叔母に連れ戻されていた。高校を卒業と同時に一人で生きようと決心をして、荒川の駅の近くにアパートを借りてもらったが、そこでも隣人とうまくいかず、とうとう今年の春、会社の都合と嘘をいって引っ越した。引っ越したのをいいことに、売れる物は売り、あとはホームレスにくれてやり、そして、どこでもいいから田舎で人に気を遣わないで暮らせる町へ行こうと、一人東京を捨ててきた。東京を出るときは十万円ほど持っていたお金も、一月も放浪する間に一文無しになってしまった。そして空腹と寂しさについつい女性を襲い、乱暴して、バッグからお金を奪っていた、と男は供述していたそうだ。

話を聞きながら母は、

「かわいそうな人。きっと苦労してきたのね」

といい、挙げ句の果てに、

「なんとか罪が軽くなるといいわね」

といった。私は、

（お母さん、何をいうの。娘の私がその男に乱暴されたのよ）

と大きな声で叫びたい衝動にかられた。そのとき、父が母に向かい、

「バカをいうな。万に一つでも自分の娘なら、絶対に許すことはできない。人様の子だから、なんて許せることではない」

と憤慨していった。私は胸の中で、

（ありがとう、お父さん。そして分かって）

と叫んでいた。

「また何か思い出したら知らせてください」

というと、交番の巡査は隣の家に向かっていった。

第二章　私のお腹に宿った命

それから一月半が過ぎ、自分の中で少しずつ気持ちを立て直しつつ、前向きに歩き出したその矢先、私は体の変化を感じた。考えてみれば今まで一度も狂ったことがなかった、くるべきものが今月はこなかった。

初めはあまりのショックで、遅れているのだと自分に都合よく、恐れながらいい聞かせていた。だが、食欲がなく、変に吐き気を催すようになって、恐れていたことが現実になったことを知った。

(とにかく病院へ行って始末をしなければ。どうすればいいだろう。この小さな町ではまずい。どこへ行こう)

誰に相談したらいいか、本当に困ってしまった。

(東京に行こう。誰も知らない東京なら、私一人、目立つことはないだろう。両親になんて話そうか)

私は悩んだ末に、会社に三日間の休暇届を出した。そして夕食が終わってテーブルを片づけているとき、ごく自然を装って母に告げた。

「明日から東京に二、三日、遊びにいってきます」

「誰と？」

と父が聞いてきた。私は、

「一人で。高校の同級生を訪ねるの」

「ときどき電話をしてね」

と母はいった。

「うん、分かったわ。じゃ、明日の支度があるから」

と答えると私は自分の部屋に戻り、ホッとしながら今日下ろしてきたお金を数えてバッグに入れ、部屋の隅にすぐ持ち出せるように置いた。そしてベッドに仰向けになり、天井を見ながら、

（間違いであってほしい）

と両手を胸の前で組み、目を閉じ、見えぬ神さまに祈ってしまった。

これからの私の人生はどうなっていくのだろう。そう考えると、空恐ろしくて鳥肌の立つ思いがした。

翌朝五時過ぎ、私がそっと玄関を出ようとしたとき、父が駅まで送ると起きてきた。

「ありがとう」

昨夜からの心の葛藤を思うと、父や母を騙している自分がとても辛かった。こんなに早いのに、娘のために車を出してくれる父に、本当にありがたく思ったのだ。

「駅でお弁当でも買いなさい」

と母も出てきてお金を出した。私は、

「二時間ぐらいだから、降りて、食べるから大丈夫」

と父の車に乗りこんだ。車を走らせながら、父は、

「最近、一緒にテレビを見なくなったね。前はよく食事のあと、いろいろ会社のことなんか話してくれたのに。忙しいのかな。何か心配事があるのなら話してほしい。少しは人生の先輩としてアドバイスしてあげられるかもしれないから」

といった。

「何もないわよ。心配しないでね」

私はそういって、こみ上げてきたものを、空を見つめながら飲みこんだ。

「お父さん、ありがとう。いってきます」

そういって車を降りて、背中に父の、

「いってらっしゃい。何かあったらすぐ電話をしなさい」

という声を聞き、「はーい」と手を振って改札を通った。

朝一番の列車はそんなに混んではいなかったので、私は自由席を取った。ゆっくりと走り出すその振動を、体に感じていた。

（なぜ、父はあんなことをいったのかしら。分からないようにしていても、親子って感じるものがあるのかしら。今の私のこんな状態を知ったら、父も母も気が違ってしまうに違いない。決して知らせることはできない）

そんなことを思いながら、窓の外をぼーっと見ていたら、やがて田や畑が少なくなり、ビルや家がだんだんと増えてきた。

列車は静かに上野駅のホームに滑りこんでいった。見上げてみた時計は、八時少し前だった。それでも空腹は感じなかった。それより、これからどこの病院にいけばよいのか、不安と緊張で気持ちが張りつめていた。

とりあえず近くの喫茶店に入り、コーヒーを注文した。辺りを見渡してみると、ほとんどが男性客で、みんなくつろいで新聞を広げ、見入っていた。

（東京という町は、朝からこんなに喫茶店が混雑するのか。私の町では考えられない）

そう思いながら、フーとため息をもらした。

どのくらい時間が過ぎたのか、私はそこを出ると、また駅に戻った。

切符を買うために並びながら、掲示板を見て、目についた大船までの切符を買ってみた。大船に知り合いがいるわけではないが、聞いたことのある駅名だったので、ただそれだけで決めてしまった。京浜東北線に乗りこんで、こんなにも都会の電車は混んでいるのかと、またもびっくりしていた。

横浜を過ぎ、窓から見える景色は、私は今、自分がなんのためにここに来ているのかを忘れさせてくれるほどの刺激を与えてくれた。東京までは年に何回か遊びにくるけれど、初めての横浜は、私の目にものすごく新鮮に見えた。

（そういえば、よく雑誌で見る元町は次の石川町で降りるんだわ。そうだ、この駅で降りてみよう）

私はバッグを肩にかけ、石川町の駅に降り立った。ホームの一番前から階段を降りながら、階段の両壁の看板を見ていた。すると、駅から五分のところにあるという、婦人科の看板が目に留まった。改札を出ると、その婦人科の方向を指した小さな看板を頼りに、私は細い道を曲がり、その病院にたどり着くことができた。

ドアを開ける前に大きく深呼吸をして、自分に「よし」と活を入れた。

中は幸せを絵に描いたような顔、顔、顔ばかり。もうじき生まれそうな大きなお腹を大事そうにさすりながら座っている人、まだ小さな赤子を愛しそうに抱いている人……。この人たちには、私の苦しみなんか理解できないだろうなぁと思う。

受付をすませ椅子に座り、待つこと一時間。私は名前を呼ばれ、中に入っていった。一人の看護婦さんが私を椅子に案内した。私はその椅子に座り、これからどういう診察が始まるのか、心の震えを抑えられなかった。

「どうしました」

四十代後半かもっと年上か、その男の先生は私に声をかけた。

「はい」

私は最近の体の変調について話した。先生は「うん、うん」といいながら、あまりにも住所が遠いので、

「この近くに知り合いでもいるのですか」

と聞いてきた。私はドキッとしながらも、

「はい。友達に聞いて、こちらにうかがったのです」

と答えた。悲しい嘘を重ねなければならない自分が情けなかった。先生は、

「では、診察をしましょう」

と看護婦さんに指示をした。

「こちらにどうぞ」

私は恐る恐る診察台に上った。

診察も終わり、先ほどの椅子に腰かけて待っていると、先生は消毒した手を拭きながら、

「妊娠三カ月です」

といった。やはり、嫌な予感が的中してしまった。

「先生、生みたくないのですが」

というと、先生はびっくりして、どうしてかと、尋ねた。まさか強盗に乱暴されたなんてロが裂けてもいえない。とっさに、

「まだ結婚前で、もしかしたら破談になるかもしれないから」

といった。すると看護婦さんが横から口を挟んできた。

「赤ちゃんができたから、早くまとまるかもしれない。そういうこともあるわよ」

「そんなこと絶対にありません。おろしたいのです」

私は先生に助けを求めた。先生は、

「よくその方と、ご両親とご相談してください。どうしてもといわれるときはこちらの書類を書いて、十日以内にもう一度おいでください」

といった。私は書類をもらい、病院をあとにした。


一人で元町を歩いていても、頭の中はどうしたらいいのか、それだけを考えていたので、どんな店が並んでいるのか、目に入らなかった。気がついたときには山下公園の海の

見えるベンチに座って、じっと海を見つめていた。港を行き交う船を見つめ、

（ああ、あの船が私をさらっていってくれないかしら。このままこの海の底に吸いこまれたら）

など、あてどもない考えばかりが頭に浮かんでくる。

そのとき、私の隣に一人の婦人が座った。

（あれ、どこかで見覚えのある人）

と思ったが思い出せないでいたので、目でそっと会釈を交した。

「ああ、先ほど病院にいらした方ね」

その婦人は私に向かっていった。

（そうだ、私といき違いに診察室から出ていった人だ）

と私は思い出し、

「はい」

と返事をした。するとその婦人は私の顔を見て尋ねた。

「いつ、ご出産ですか」

「十一月です」

と私はいい加減に答えた。するとその婦人は、

「健康で丈夫な赤ちゃんを生んでくださいね」

といった。私がなんと答えていいやら困惑していると、その婦人は、

「子供は神様からの授かりもの。子供の生める体をご両親からいただいたことを感謝して、そして大切な命を大切に育ててくださいね」

そういっていろいろと私に話をしてくれた。まるで、私が堕胎するのを知りながら話しているようだった。私は黙ってうなずきながら、話を聞いていた。何気なく時計を見ると、お昼の時間を少し過ぎていた。私はその婦人に、

「もう帰りますので……」

「あら、ごめんなさいね。私のことばかりお話ししてしまって。じゃあ、お体気をつけてね。またお会いできるといいわね。病院においでになったときにでもお寄りください。私はこの上の教会に住んでいますので」

と、帰っていった。私も「ありがとうございます」と礼をいい、その婦人とは反対の方

向に歩いていった。

どのくらい時間が過ぎたのか分からないまま、今朝降り立った上野駅に来ていた。

（こんなに早く家には帰れない。どうしよう）

と途方に暮れていた。

壁に上野動物園の案内看板が出ていたので、仕方なく「いってみよう」と歩き出した。どっちを向いても親子連ればかり、私みたいに何を見てもつまらない顔をしている人は目立つらしく、人の視線がなぜか気になった。

漠然と動物園の中を歩いていると、突然、二歳ぐらいの女の子が私の前に来て、

「ママ、ママ」

と泣き出した。思わず、

「ママ、いないの？」

と聞き返してみた。しかし、ただ泣き叫ぶだけで、どうしていいか分からなくなってしまった。とりあえず、近くに園の関係者がいないか探してみたが見当たらないので、

いてやり、

「ママを見つけましょうね」

といって私はその子と手をつなぎ、今歩いてきた園内の道を戻ってみた。

「だっこ、だっこ」

といい出したので、自分のバッグを肩にかけ、女の子を抱き上げた。片手で涙の顔を拭いてやり、

「あたし、お名前いえるかな」

と聞いてみたが、女の子は、

「ママ、いないの」

を繰り返すだけだった。私の腕の中で少し安心したのか、おとなしくなったが、それでも母親のいない不安は計り知れないものだったのだろう。

園内の入口近くに事務所らしき建物があったので、私はそこにいき、事情を話した。事務所の人は慣れている様子で、女の子の身なりをチェックしてから、私にどこで見つけたかを聞いた。私はありのままを告げて、

「では、よろしくお願いします」

といって女の子を事務員に渡そうとしたが、女の子は私から離れようとはしなかった。

「ママが見つかるまで、一緒にいようね」

私はそういって女の子を抱いたまま、椅子に腰かけていた。

園内放送でその子の母親に呼びかけた。

「あんなに混雑している中で、聞こえるのですか」

と私が尋ねると、事務員は、

「自分の子供が見えなくなれば、探しながら放送にも気をつけるから、聞こえるはずです」

と答えた。私の腕の中でスヤスヤと眠ってしまったこの子の母親は、さぞかし必死で探していることだろうと思った。そこへ事務所の電話が鳴り、母親らしき女性が近くの交番に子供を探しにきているという。事務員は、

「では、こちらにおいでください」

と、電話口で交番のお巡りさんにいい、私には、

「見つかったようですよ」

といった。すっかり眠っている女の子を抱きながら、私は心のどこかで今日、山下公園で会ったあの婦人の言葉を思い出していた。

「朝、うかがったあの病院の前に捨て子があって、近くの施設に預けようとしたらしいのですが、あまりにも衰弱が激しいので今は病院で預かり、育てているのです。子供の命は親に何があっても関係ありません。生まれて、生きるための命。捨てるにはそれなりのわけがあるはず。ただいえることは、病院の前に捨てた親は子供に対して『すまない』と許しを乞いながら置いていったと思います。子殺しの多い今、生かすために捨てられたその命を、私は近いうちに引き取るつもりで、そのお話をしてきたのです」

婦人の言葉にはやさしさと、何かものすごくそのときの私の胸に響くものがあった。

私の体内に宿ったこの命に、同じ言葉がいえるだろうか。私の体の中にと思っただけで、身の毛がよだつ思いがする。好きでもない、ましてや乱暴されてできてしまった命。それでも生きるための命といえるのか。私を信じて安心して眠るこの女の子の方が、よっぽどかわいいと思う。

事務所に電話があってからかれこれ十分ほどたったころ、交番のお巡りさんと一緒に、

私より少し年上に見える女性が子供を引き取りにきた。その女性は、

「ああ、よかった」

と、本当に喜びを体中に表していた。私の腕から女の子を抱き上げ、事務所の人からそれまでのいきさつを聞き、私がずっと抱いていたことも詳しく聞いていた。その母親は、

「ありがとうございました」

と丁寧に礼をいった。

「いいえ、よかったですね。では、私は失礼します」

と私はいって表に出てきた。


（まだ三時半か）

先ほどまで子供を抱いていたせいか、いやに腕に疲れを感じていた。

（少し休もう）

そう思い、近くにあるデパートに入った。そしてエレベーターで一番上のレストラン階までいき、静かな食堂に入り、窓際の席に案内された。

窓から見る東京の町は、屋根、屋根、ビル、ビル、高速道路があちこちに見えて、それでも人間が生きているパワーみたいなものがあった。こんな時間でも、都会では食事をする人が多くいる。気がつけば私も、家を出てからコーヒーを一杯飲んだだけ。お腹は空いているはずなのに、食事することをまったく忘れていた。

定食を注文して、窓から見える風景にぼーっと見入っていた。

（この空の下、私と同じ悩みを持っている人もいるのかしら。もしいるのなら、どうしたらいいか教えてほしい）

「お待たせしました」

と、ウェイトレスがトレーに定食を載せて持ってきた。箸を持ったものの、胸につかえるものがあって、なかなか食べる気にはならなかった。自分にいい聞かせながら無理にスープを飲みこみ、野菜サラダとオムレツに箸をつけてみた。なんとかご飯を半分、食べることができた。途中で片づけてもらい、冷たい飲み物を注文した。そして、今からどうしよう、と考えていた。

（とにかく一度、家に電話をしなければ。エレベーターの脇に公衆電話があった）

と思い、椅子に荷物を置いたまま、私は財布だけを持って電話をかけに席を立った。受話器を持ちながら時計を見ると、五時を回っていた。この時間、家には誰もいないはずと思いながら、電話をかけている自分がおかしかった。

「もしもし」

「あれー、お父さん。いたの」

私の声に父は、

「典子から電話がくるような気がして、今日は早めに帰ってきた」

という。ドキッと一瞬、私の胸は動揺した。なぜそんなことを思うのか、不思議だった。

「お父さん、すごい。予知能力があるみたい」

私は自分を見透かされまいとして、わざと茶化していった。父は、

「早く帰っておいで。おまえがいないと寂しいよ。東京にいきたいときは日帰りでもいけるから、またいけばいい。今なら六時の特急に間に合うから、駅に迎えにいってあげるから、早く帰っておいでよ」

私は父の言葉に涙がこみ上げてきた。何も知らない両親にもし話をすれば、初めは驚くかもしれないけど、いい解決方法を考えてくれるのではないだろうか。

（やっぱり話そう）

私はそう心に決めて、

「お父さん。じゃあ、今から帰ります。迎えにきてね。お願いします」

そういって、受話器を置いた。

覚悟を固めた私の行動は速かった。早々にレジで会計をすませ、朝降り立った上野駅に再び戻ってきた。

電車の中でもずっと考えていた。

電車が駅に着いて改札を出るまで、私は父と母に打ち明ける決心だった。

だが、二人揃ってニコニコとうれしそうな顔をしているのを見てしまったとき、私の心は揺れた。そして、

（だめ、だめ。絶対、話せない）

と強く感じた。父が、

「夕食は？」

と聞いてきた。食べたくはなかったが、甘えてみた。

「なんだかすごくお腹が空いている感じがする」

「よし、お父さんのおごりだ。なんでも好きなものをいいな」

「私、寿司」

と母がいった。父は私の顔を見た。私は、

「私も」

「では、多数決で寿司に決定」

と父もはしゃいでいった。

三人で、駅の近くのお寿司屋に入った。もう片づけをしているように見えたので、母が、

「もう、おしまいですか」

と、聞いたが、店の主人は、

「いや、どうぞ。この時間になるとすっかりお客がないんで、半分はしまうんです」

と答えた。私たちは席に座り、熱いお茶をいただいた。父は、

「親父さん。適当に三人前。一緒盛りで」

と注文した。そして、

「こうして三人で食事するのは久しぶりだね」

と父がいうと、母が、

「何をいうの。家では朝ごはんと夕ごはんはいつも一緒ですよ。ねえ」

と私に向かっていった。

「うん。でも、外で食べるのは私の成人式以来よ」

と私は答えた。父は「そうか」と私の顔をじっと見て、

「うーん、二十歳過ぎたんだ」

「何、今さらいってるの。もうじき嫁にいくかもしれないのにね」

と母がいい、そんなごやかな話をしながら私たちは食事を終えて、店を出た。

家に着いたのは、十一時を少し過ぎていた。母が聞いてきた。

「明日は会社？」

「ついでだから、今週はお休みする」

と私が答えると、お風呂に入っているはずの父が、

「無理にいかなくてもいいんだよ。嫌な思いをしてまで働くことはないよ」

といった。父は気づいている。少なくとも、娘の様子がおかしいと気づいている。私は、

「無理はしてないし、嫌でもないけれど……。これ、お父さんに。これ、お母さんに」

と、帽子を「おみやげ」といって渡し、「おやすみなさい」と自分の部屋に入った。

両親にすまないと思う気持ちと、本当は二、三日といって出かけたのに、一日で帰ったわけも聞かないでいてくれるやさしさに、私は何より救われた。

ベッドに横たわり、さあ、これからどうしたらよいかと考えた。すべて一人でしなければならないし、今度は一日ではすまないかもしれない。それより、誰に手術の同意の署名をしてもらったらいいのか、それが一番の問題だ。会社は来週もまた休むといえば、なんと思うだろう。今まで休日以外に休んだことのない私が、あの事件以来、何日休んだかし

れない。そしてこの二、三カ月の間に、私は身も心も疲れきっていた。普段では感じなかった父の一言にやさしさを感じたり、何気ないことにイライラしたり、自分では気づかないうちに性格が変わってきたように思えてならない。

あっという間に一週間が過ぎて、休暇はあと三日しかなくなった。私はどういって両親に東京いきを切り出すか、悩みに悩んでいた。今度こそはわけをいわないではすまされないが、いえない。その繰り返しの問答が胸の中をいったり来たりして、一日が終わってしまう。

あと二日しかない。私は会社の人目につかないところから、この間の横浜の婦人科病院に電話をかけ、

「明日うかがうので、お願いします」

といって電話を切った。そして会社の終わる時間、皆が帰るのを待って、私は課長のところにいき、昨夜決心して書き上げた退職届を出した。

「大変に勝手ですが、辞めさせてください」

課長はそのわけを当然、聞いてきた。

「私事です。それ以上は聞かないでください。両親には時期がきたら自分で話しますから、それまでは内緒にしておいてください」

と私は頼んだ。もう、これしか方法はない。自分を納得させながら必死だった。課長は、

「分かった。とにかく、この退職届は私が預かっておくから、ゆっくり休んでよく考えなさい。有給休暇がまだあるんでしょ」

「あと十日ぐらい……」

「あ、そう。じゃ、その十日の間に考えて、それでも変わらなかったらもう一度、私のところに来なさい」

会社を出たその足で、私は駅に向かった。そして東京行きの電車に乗った。心の中で、

(父さん、ごめんなさい。母さん、ごめんなさい)

と何度も何度も手を合わせていた。時間になっても帰らない私に父と母のうろたえる姿が目に浮かび、

（なんてひどい娘だろう。許して。これしか私には方法が見つからなかったの。すべてが終わったときに必ずお話しします）

目を閉じ、私は両親に心配をかける申し訳なさで一杯だった。

今ごろ、父も母も、ベッドの上に置いてきた手紙を読んでいるはずだ。

〝ただ、黙って私を信じていてください。時がきたら必ずお話しします。どうか、どうか、わけは聞かないでください。そして、ごめんなさい、ごめんなさい〟

午後十時少し前、横浜の石川町の駅に降りた私は、以前、

「病院に来たときはお寄りください」

といってくれた教会の婦人を訪ねるつもりで、坂道を上っていった。

こんな時間に会ってくれるか心配だったが、玄関のブザーを押して、以前会ったことを話してみた。すぐに、

「ああ、あの方ね」

といって中に入れてくれた。私は、

「夜遅くにすみません」

といった。その婦人は客間に私を案内して、紅茶をいれてくれた。そして、

「どうしたの」

と聞いてきた。私は誰にもいえず、ずっと悩んできたことの一部始終を話し出した。婦人は黙って聞いてくれた。いつの間にか私は、話しながら涙をポロポロと流していた。

この三カ月、一人で苦しみ、その苦しみから逃れられなかったことを話せるということで、心が軽くなっていくことに救われたような気がしていた。

今日、会社に退職届を出して、両親には置き手紙を残してきたことまで話した。

「かわいそうに。辛かったわね、苦しかったわね」

といって、婦人は私の手をやさしくさすってくれた。そして、

「どうしたら一番いいのか。私にどうしてほしいのか。よく考えましょうね」

ともいってくれた。私は、明日手術をするつもりで来たこと、同意人がいないということ、できたら同意人になってほしいことを包み隠さず話した。

「少し、待ってね」

と婦人は立ち上がって、どこかにいった。

三十分ぐらいしたころ、

「お待たせしてすみません」

といって、婦人が戻ってきた。婦人のその手には、まだ小さな赤子が抱かれていた。

「ほら、あのときお話ししたでしょ。捨て子の赤ちゃんよ。ね、かわいいでしょ。まだ四カ月ぐらいの男の子、それしか分からないのよ。でも子供の生命力ってすごいわね。十日ぐらいでこんなに元気になるのよ」

と私にその赤子を見せた。

「あなた、赤ちゃん嫌い？　好き？」

と聞かれ、私が黙っていると、

「この赤ちゃんがもし、あなたの子と同じ理由で生まれて捨てられたとしたら、あなたはどう思いますか。やはり生むべきではなかったと思いますか。お腹の中にいるうちに、この子の命は処分した方がよかったと思いますか。こんなにかわいい命、殺すことができますか。その子にどんな罪があるのですか。あなたにとっては好きな人の子ではない、暴漢に襲われてできてしまった子でも、その子に何の罪があるのですか」

訥々と、婦人は話した。

(私だって、あなたの話す言葉の一つ一つが胸に突き刺さるように分かります。捨てられていたその子供と同じように、生むことはできても愛情を持って育てることができなければ、もっとかわいそうなのでは。それよりも、目の前にいつもあの悲しい現実があることに、耐えられないと思う。心の荒れた日などは、その子に何をいうかと考えただけでも、恐ろしくなる。愛情も何もなく、ただ不快なこの現実から逃れたいだけなのです。ああ、ここに来なければよかった。まだ二十歳の私には、これから先いろんな人生が広がっている。悲しい現実をあの男のためにこれから先も背負っていくのは、私にここで人生を捨てろということ、そうなんですか)

私は何もいえず、心の中で叫んでいた。

「今夜はもう遅いから、明日の朝にしましょう」

と婦人はいって、私を別の部屋に連れていった。

「ここでゆっくりと休んでね」

「ありがとうございます」

私が礼をいうと、婦人はドアを閉めて出ていったが、すぐにノックをする音がして、ドアを開けると婦人が立っていた。

「お名前を聞いていなかったわね」

「はい、すみません。私は那須に住む、二十歳の古川典子です」

「シャワーでよかったら、この下の右奥に、洗面所の隣にありますから使ってください」

といって出ていった。私は少しだけ体に汗をかいていて気持ちが悪い感じがしていたので、着替えを持って下に降りていった。

シャワーを浴びながら、自分のこの体の中に今、もう一つの命が呼吸して生きている、そう思うと不思議な気持ちがした。そして自分の中で、考えが変わってきていることにハッとした。

婦人の話してくれた捨て子のこと、死ぬための命は一つだってない、妊娠するということは、その子が「この世の中に生きたい」、そういって生を受けることなのだ。

本当にそうなのかもしれない。私の体を借りて、この子は生きていきたいと思っている

生きるために苦しんだのだ。あれほど汚れて、死ぬほど嫌だった自分だって生きていたいから、生きるために苦しんだのだ。

女って、こんなにも変われるものなのだろうか。

（もう迷うまい。どんな子にも生きる権利があるのだ）

と思ったとき、心の底から愛しさがあふれ、体中を走った。

「おはようございます」

翌朝、私が洗面所で、自分で持ってきていた歯ブラシで歯を磨いていたら、婦人がやさしく声をかけてきてくれた。

「昨夜は眠れましたか」

「はい、よく眠れました」

「そう。それはよかったですね。今、食事にしますから、少し待っててください。赤ちゃんにミルクを飲ませてしまいますからね」

「あ、私のことなら心配しないでください」

と私はいって部屋に戻った。

下で赤ちゃんの泣き声がしている。

（ああ、あの子が泣いている）

私は化粧をしながら、その赤ん坊の親とはどういう人なのか、気になってきた。それよりも捨てていくときの、母としての気持ちはどうだっただろうと考えていた。この前この婦人が話してくれたように、「元気に生きてほしい」そう思いながら心の中で許しを乞い、泣く泣く置いていったのかもしれない。今ごろは捨てた子供に会いたくて、泣いているのではないだろうか。世の中って、私のように生みたくない親もいれば、生むことはできても育てられない人もいる。

いつしか私は、自分が親になることを自分の中に受け入れていた。

「降りてらっしゃい。食事にしましょう」

と婦人の声がして、「はーい」と私は階段を降りていった。

「トーストでいいかしら」

「すみません。いただきます」

といったところに、婦人の夫らしき男性が「おはよう」と入ってきた。

「私の旦那様です。この教会の牧師様よ」

と婦人は私に紹介した。

「初めまして。ご迷惑をおかけして、すみません」

と挨拶をした。

テーブルの脇のベッドでは、お腹が満たされたのか、あの赤ん坊がおとなしく、目を開けて周りをきょろきょろと見ている。牧師様はベッドに近づき、ニコニコして、

「昨夜はだいぶん、睡眠を妨げてくれましたね」

といい、赤ん坊の頬にキスをした。私は何も知らなかった。

「泣いていたのですか」

と聞くと牧師様は、

「そうなんだよ。慣れない家に来て、きっと不安だったんだね。でも、もう大丈夫だよ。ここが君の安住の家だからね」

と、赤ん坊をしっかりと抱きしめていた。

「ごちそうさまでした」

私はそういって、自分の使った食器を流しに下げた。

「そのままでいいわよ。こちらに来て、ゆっくりお話ししましょう」

「でも、お食事がすんでからで」

といいかけると、婦人に、

「家《うち》はいつでも、どこでも、なんでもお話しできるから大丈夫よ」

といわれた。私がもう一度テーブルにつくと、牧師様が切り出した。

「話は聞きましたよ。あなたの気持ちは痛いほど分かります。ただ、私たちは宗教を信じる者として、おろすことに賛成はできません。その他のことでしたら、どんなことでも相談に乗りましょう」

「赤ちゃんを生むということを前提として、お話ししません？」

と婦人はいうと、こう話し出した。

「ご両親には一年間、宗教について勉強したい、一年後には必ず帰ります、そういってここで暮らしなさい。私の方から、ここであなたを預かりますという書類を作りますから、そうすればご両親も安心されるでしょう」

私の脳裏に、父の顔が浮かんだ。牧師様は、

「まずは生むか生まないか、決めることが先決じゃないのかね」

「今朝の典子さんの顔が、この間の顔や昨夜の顔とまったく違って生き生きとしているので、あなたはあなたなりに考えて、一つの答えを前向きに出したと私は判断したのよ。ね、そうでしょ」

と婦人は私の顔を見ていった。私は、

「私に勇気と力を貸してください。そしてこれから私に迷いや悩みが生じたときには、一緒に考えて悩んでください」

とお願いした。二人とも、快く受け入れてくれた。

昨夜、シャワーを浴びながら決心したのだ。が、今またここにきて気持ちが揺らいでいる、自分の優柔不断に呆れていた。祝福されない子供を生むということに、どうしても決心が鈍ってしまう。私は思いきって、二人に聞いた。

「本当に、誰にも喜んでもらうことのない罪人の子供を生むことを望んでいるのですか。

その子がそれで幸せになれるのですか。生んだあと、私が育てたくないといったそのときは、子供はどうなるんですか。私は不安なんです。これからの自分の人生がなくなってしまいそうで。本当に本当に、これが一番の方法なんですね」

黙って聞いていた婦人は、

「大丈夫よ、そんなことは。私を信じて頼ってくれたのでしょ。信じてちょうだい。私たちが、あなたと生まれてくる子供を守ってあげますよ。私たちにできることは、なんでも相談に乗りますよ」

私は何度も何度も、同じことを聞いていた。そして婦人は、

「万一おろして、二度と子供のできない体になってしまうことがないとはいえません。そんなことになったとき、好きになった人の子供が生めない、それではもっと悲惨でしょ。今はとにかく赤ちゃんを生む。あとのことはまたそのとき考えましょ。ね、典子さん」

私は黙ってうなずいた。

身二つになるには、少なくとも一年近くはここにいなければならない。たった一日留守にしただけであれほど寂しがっていた両親をどうやって説得したらいいのか、私には考え

がつかない。

「すみません。お願いがあるのですが。実は父も母も、おそらくものすごく心配していると思います。一度家に帰って出直すことが一番いいと思いますが、でも私には、また嘘をいって出てくることはできません。こうしている今も、食事も喉を通らないほど心配してくれていると思うと、申し訳ないのととても悲しいのとで、顔を合わせることができません。何かよい方法を教えてください。お願いします」

二人はしばらく考えていたが、そのうち婦人がいい出した。

「とにかく、あなたは一度お帰りなさい。まだあと一月ぐらいはお腹も目立たないでしょうから、その間にもう一度、それも一年間、家を空ける準備をしなさい。あなたがお帰りになって一週間ぐらいの間に、こちらから採用通知を送りましょう。その中には、教会での一年間の細かいスケジュールをプリントして入れておきます。あなたはそのための見学に、そして今回は適性試験を受けにきたとご両親にお話しすればいいのです」

するとと横から牧師様が、

「うーん、このまま家に帰らない方がいいのではないだろうか。帰ればまたお互いに、辛い思いをしなければならない。嘘を嘘で固めてくることは苦しいだろう。このまま、ここで勉強するから一年間、親にも会うことができないと手紙で知らせてあげた方が、一時は悲しむだろうけれど、傷は軽いと思うよ」

といった。二人の話は、どちらもなるほどと思われた。

「今日一日、考えてみます」

私はそういって、二階に上がった。確かに、牧師様の案の方が私は救われる。会社にも課長宛に手紙でもう一度、退職のお願いを出せばいい。家にはなんて書いて知らせればいいのか……。

（それにしても見ず知らずの私に、なんて親切な人たちなんだろう。教会だから、クリスチャンだから、ただそれだけで一年も私の面倒を見てくれるのかしら）

そう思う気持ちと、

（藁をもつかみたくて、救いを求めたのは自分なんだ。二人は本当に私のことを、お腹の中にいる命を心配してくれた。捨て子も引き取って育てようとしているやさしい人たちだから、今の私はこのご夫婦を信じて助けてもらうことでしか、明日を生きていけない）

と思う気持ちが交錯していた。

その翌日、私はやはり牧師様のいう通り、家には帰らないでこのまま身二つになるまで置いてもらうことに決めた。両親を思えば、身を切られるほどに申し訳ない気持ちと、会いたい気持ちとが、私の胸を責める。でも、これしかない。これがお互いに一時の傷ですむ方法なのだ。帰れば今度こそ、本当のことを話さなければならない。二十歳の私には想像もつかないこれから先の不安が、絶え間なく体を襲う。

私の手紙を添えて、教会から私の家に連絡がいった。

それから十日ほどたってから、父と母が状況を知るために、私を訪ねてきた。

石川町の駅から電話をかけてきたときは、それは驚き、どう対処していいやら分からず、今思っても本当に、自分が自分でなくなっていた。考えてみれば親が子を思うあまり、とるものもとりあえず会いにくるのは当然のことなのに……。

両親は教会のご夫妻に会い、事のいきさつを尋ねた。牧師様は、私があまりにも大切に育てられていて、世の中に気を遣いすぎていると話し始めた。

「人に対してのやさしさはけっこうなのですが、防備など、人を見る目が少し足りないと思います。ずっとご両親の元で暮らせるうちはいいですが、こんな世の中、自分のこと、他人のこと、いつ自分の周りで何があるか分かりません。今はまだ若い。どんなことにも向かっていける今、大切なこの時期、勉強することが望ましいと思います。そして、教会で勉強するからといってクリスチャンにならなければいけないわけではありません。人生には何が大事か、どうすれば自分を含めてみんなが幸せになれるか、そういうための勉強です」

父と母はなんとなく納得したようで、私のことをくれぐれも頼み、帰っていった。

駅で別れ際、父が私にいった。

「確かに、私たちはお前を大事にしてきた。私たちにとっては、お前は何物にも代えられない大事な、大事な宝物なんだよ。だからどんなことがあっても命は大事にしてほしい。迷って死にたくなる、そんなときがこなければいいが、万が一そんな気持ちが起きたときは、お父さん、お母さんのことを思い出してほしい。いつでも待っているからね」

そういい残して父と母は帰っていった。

何事もなく、私のお腹は順調に大きくなっていった。そして、自分の中に動く一つの命をはっきりと感じたときに、私自身が変わったことは動かしがたい事実だった。

今の私は、たとえこの子が誰の子であっても、どんな人の子でも、私のお腹から生まれでる命として育てていける強い自信があった。十カ月お腹にいるということの意味が、私にはだんだん理解できてきた。そして、お腹の中から一生懸命お腹の壁を蹴り続けては、何かを私に訴えているようだった。その訴えが私には、「父を許して」といっているように聞こえた。

（そういうことか。こうして、親子の情というつながりができてくるものなのか）

私はお腹の中で動くこの子に、今は愛しささえ感じている。そして、私が偶然この教会の婦人と出会ったのは、神さまが私に「この子を生みなさい」といっていたからではないかと思うようになっていた。

ときどき、田舎の両親から季節の野菜や現金が送られてきた。私はこの教会でいろんなことを手伝いながら少しの給料をもらっていたので、生活はとくに苦しくはなかったが、両親からの贈り物を喜んでもらうのも親孝行と思い、楽しみにしていた。

第三章　私と波子の生活

「まあ、まつげの長い、かわいい女の子ですよ」

「そうですか。女の子ですか。よかった」

私はまだ、虚ろな思いで病室のベッドにいた。

（ああ、お腹の中から大変な思いをして、子供って生まれてくるのね）

茫然としているところへ、看護婦さんが赤ちゃんを抱いてきた。見れば本当にかわいい、まつげの長い女の子だった。

「はい、ママよ」

と私の腕を広げて、抱かせてくれた。そして、

「どっちに似ているのかしらね」

といった。そのとき、私の脳裏にあの男の顔が浮かんできた。

私が黙っていると、その看護婦は、

「ママによく似ているわね」

といったが、私にはなんだかとってつけたように聞こえた。

そのとき、病室へ、教会のご夫妻が入ってきた。

「おめでとう。無事、生まれたわね」

「はい。いろいろとありがとうございました」

私は本当に心から、お礼をいった。

「いい子じゃないの。きっとこの子が、今度はあなたを守ってくれますよ」

「はい。この子と強く生きていきます」

と私は答えた。


やがて一月が過ぎ、横浜に吹く風も冷たさを増した。

私も婦人から教えてもらいながら、子育てをしている。そう、子供の名前はご夫妻にお願いして「波子」と命名してもらった。どんな荒波がきても、その波を乗り越えて生きていってほしいという願いをこめてつけてくれた。

捨て子だった男の子も、「教一」と名前をもらい、毎日やんちゃに暴れまくっている。言葉も少しは話せるようになって、わけの分からない言葉を話しかけてくる。

そして三カ月、子育てをしていると毎日があっという間に過ぎていく。ミルクを飲ませながらじっと見つめている私に、波子はニコッと笑う。そして小さな手を出して、私の指を握る。

(かわいい。なんてかわいいのだろう)

愛しさとせつなさがこみ上げてくる。思えば私の両親も、私をこのようにして育ててくれたのか。私もこの子を大事に育ててあげよう。

そんなことの繰り返しで、横浜に来てからかれこれ一年が過ぎようとしていた。

ある日、いつものように家からの手紙を開けて、私は驚いた。そこには父と母から、

「子供を連れて早く帰ってくるように。すべてお話は聞きました。何も心配しないで大丈夫。お父さんとお母さんがついているから、帰ってきなさい」

と書いてあった。

私は、体中がガクガクと震えるのを抑えられなかった。

(なぜ、なぜ知らせたの)

私は頭の中で、何度も何度も問い返していた。あれほど苦しんで、もがき悩んだのはなんだったのだろう。裏切られた思いだった。でも、きっと私のことを思い、両親に会って話してくれたのだろう。一年間、私の世話をしてくださったことを思えば、私には恨む気持ちなどなかったが、それでも、両親には知られたくなかった。これからどうやって暮らしたらいいのか、考えなければならない。

その夜、私は父と母に手紙を書いた。長い長い手紙を書いた。苦しかったこと、父と母を信じていても話せなかったこと、死ぬほど悩み、生きていくことに疲れたこと、父の言葉がせつなかったこと等、今までの思いの丈をすべて書き綴った。

そしてこちらのご夫妻に救われたこと、今は忌まわしい思いより子供の笑顔に救われて生きていること、それから、この子と誰も知らない町で暮らしていきたい、そうも書き加えた。

私は教会の近くにアパートを借りて、そこで働きながら波子を育てることにした。幸い駅の近くに保育園があり、昼間は波子を預けて、元町に勤めることができた。

女が一人で子供を育てることは、本当に大変なことだとつくづく感じていた。波子が生まれてから、この数カ月の間に、私は同じ年ごろの女性よりもものすごい人生の勉強をして、人間的にも大きくなったように思っていた。

お休みの日には、波子を連れて山下公園を散歩するのが、私の唯一の楽しみになっていた。沖をいく船に夢を描き、静かに漂う波に心をそっと打ち明けて、穏やかな平凡な一日が終わる。散歩の帰りに教会に立ち寄り、教一君と遊んで帰るのも、もちろん忘れることはない。

アパートに移って、かれこれ半年が過ぎようとしていた。暑い夏も終わり、夜はしのぎやすくなってきたころ、波子も伝い歩きができるようになり、目が離せなくなってきた。

そんなある日の夕方、仕事を終えて、波子を抱いて坂道を上っていた。買い物袋を持ち、フー、フーいいながら上っている私の前に、見覚えのある二人の背中が目に留まった。

「お父さん、お母さん」

思わず声に出してしまった。二人は同時に振り返り、母が、

「ああ、典子ちゃん。この子が波子ちゃんね」

母は荷物を父に預けて波子を抱き上げ、

「重い、重い。うーん、かわいいじゃないの。ねえ、お父さん」

父は複雑な面持ちで、

「うん。典子の子供だからな。かわいいに決まってるよ」

波子はどうしたのか、母に抱かれていたのに、父に手を出して抱かれたがっている。父は今度は私に荷物を持たせて、波子を抱いた。

私はアパートまで案内し、

「ここがわが家よ。どうぞ。狭くて何もありませんが、ゆっくりしてください」

とはしゃぐような感じでいった。母が、

「夕食にお寿司を買ってきたのよ」

といって、お寿司の折を開けてくれた。

「うわあ、しばらくぶり、お寿司なんか。今日は贅沢なテーブルだわ。波ちゃんには離乳食を作るわね」

父と母が波子の相手をしていてくれるので、急いで着替えをして、台所に立った。

食事が終わり、母が波子をお風呂に入れてくれたので、私は布団を部屋の隅に敷いて、子供を寝かせる準備をした。

「お父さん、ここに泊まってもらいたいけど、お布団がないので……」

「大丈夫だよ。私たちのことは」

お風呂から上がった波子は、もうウトウトとしていて、牛乳を少し飲んだだけで眠ってしまった。

正直にいえば、今夜は眠らないで起きていてほしかった。初めからあの忌まわしい出来事を、また二人の前で話さなければならないからだ。少しでも先へのばし、できることなら話したくない、そう思っていた。

部屋の中に静かな空気が漂っていた。私は覚悟を決め、両親の前に両手をついて、

「お父さん、お母さん、ごめんなさい。こんな勝手なことをしてしまった私を許してください」

「もういいのよ。一人で苦しんだのね。なんにも知らないで、母さんこそ、気がついてあ

げなければいけなかったのにね。父さんも母さんも、あなたの力になってあげられなかった。それが悲しい。わが子の苦しみを助けてやれなかった。本当にごめんなさい」

母の言葉に、私はあふれ出る涙を抑えられなかった。できることなら田舎に帰りたい。でもあそこに帰ると、忘れたくても忘れられない現実を毎日、心身に受け止めなければならない。それには耐えられそうもない。

私は涙とともに、あの日が体中に甦ってくるのを覚えた。私は、

「お父さん、お母さん。この一年の間に私は何度も何度も、波子を抱いて死のうかと迷ったことがありました。そのたびに、あの婦人のいった言葉が私を引き留めたのです。死ぬための命はこの世にはない。生を受け、生きるために生まれてくる。それを自分の意志で断ち切ってはいけない。生と死は自然でなければいけない。その言葉が、私から離れないのです。毎日毎日暮らしているうちに、この子にはなんの罪があるのだろう、そう思うとき、憎しみが愛しさに変わっていくの。いつもいつも、ああも思い、こうも思い、そのたびに私は、この子の笑顔に支えられて生きていることに気がついたの。この町で、誰も私の過去を知らないこの町でなら、静かに生きていくことができる」

感情のままに、私は泣きながら話していた。あの事件以来、私は苦しみながら泣くことはあっても、寂しさと不安で、心の底から泣くことはできなかった。いつも心のどこかで自分と闘っていた。自分の今の気持ちを分かってもらえる両親の前では、本当に気持ちのありったけを打ち明け、泣くことができた。

「明日また来るから」

といって、両親は近くのホテルに戻っていった。

私は波子の脇に体を横たえた。頭の先から爪先までつまっていた、目に見えない悪霊が出ていってしまったかのように私の体は軽く、すっきりしていた。一人で抱えていたものの重さを、つくづくと感じていた。

両親の前ですべてを話してしまったせいか、ホッとして、私はいつしかそのまま寝入っていた。

明け方、おむつが濡れたのか、波子のぐずる声で私は目を覚ました。時計を見ると、もう六時を回っていた。波子のおむつを取り替え、少し早かったけど洗濯を始めた。

(今日は仕事を休み、両親を横浜観光に連れていってあげよう)

そう決めて、家の中のことを手早く片づけた。

時計が七時のメロディーを奏でた。その音楽で波子がいつも目を覚ます。私のいる台所にハイハイをしてくるので、ときどき隠れたふりをして遊んであげる。女の子はよく泣くといわれているが、波子に限っては泣いて困らせたことは一度もなかった。夜もよく眠ってくれたし、病気もしなかったし、本当に育てるのには苦労しなかった。

昨日のごはんの残りがあるので、野菜を細かく刻んでおじやにした。卵を落として、私のごはんと波子の離乳食を兼ねて、同じものですませた。

そしてその日は両親を、外人墓地や私のよくいく山下公園、港の見える丘に連れていった。夕方には伊勢佐木町に出て、近くのホテルで食事をして別れた。親のありがたさをしみじみ感じた日だった。

波子は本当に、素直に大きくなって、今はもう小学四年生になった。

幼稚園から小学校と、「毎日が楽しくて楽しくて」といいながら、私になんの心配もかけなかった。お友達も次から次にでき、誰からも好かれて、ご近所の評判もなかなかよかった。

父親のいないことをあまり気にしていない様子だったが、ある日、私に、

「ママ、私のお父さんって、お船で死んでしまったのよね。教会のおばちゃまに聞いたのよ。だから家にはママしかいないのよね」

とっさのことで私は慌てていた。

「そ、そうなの。そう聞いたの」

と答えたが、やはり一度は聞かれることだとは思っていた。

私はこれから先も、ことあるごとに父親のことを聞かれる恐れを持っていた。この件に関しては口裏を合わせておかなければと思い、仕事の帰りに教会に立ち寄った。ちょうどご夫妻そろって在宅だったので、

「もし波子の父親のことをまた聞かれたときは、昔、私が遊びにきたこの横浜で好きな人ができて、結婚する約束をしたが、その人は遠い外国の海で事故に遭い、死んでしまった。だから、思い出のこの土地で波子を生んで暮らしている、そういってください」

と頼んだ。二人とも、快く承諾してくれた。そして、

「教一君にもそのようにお願いします」

と重ねて頼んだ。波子と教一君は、一つ違いの兄妹みたいに育ったので、なんでも話し合えるいい友達になっていた。

「ところで教一君なんですが、教一君は自分で『俺は捨て子なんだ。だから教会で大きくなったんだ』、そういったそうですね」

と私がご夫妻に尋ねると、婦人は笑いながら、

「この間ね、あまりにうるさいくらい聞くから、ね。『そんなに家の子が嫌なら、拾った子よ』って、逆に本当のことを嘘っぽくいうこともいいかなって思い、いったのよ。それで波ちゃんに、『俺は捨て子だ』っていったのよ」

「分かったわ。私から波子にはそれとなく、教一君は捨て子ではないと話しておきます」

そういって私は教会を出た。

これから先、私たちの人生はどう変わっていくのだろう。働きながら好きな人ができても、結婚する勇気はなかった。このまま私には、違う人生はこないのだろうか。聞けば、田舎の同級生は次々に結婚しているという。

(私は、幸せという文字は書けない人生なんだ。あまりにも寂しい。神様、人は皆平等じゃないのですか。私も幸せがほしい)

心の中でそういいながら、家に帰った。

「ただいま。お腹空いたでしょう。すぐ作るからね」

私はそういって、台所に立った。

「ママ、これ、お手紙」

と波子は、田舎からの手紙を私に差し出した。

「なんて書いてあるの。早く読んで、ママ」

「少し待ちなさい。ごはんが終わってからね」

波子はその手紙を大事そうに裏返したり電灯に透かしたりして、中を見たくてもう待ちきれない様子で、私は思わず笑ってしまった。

いつもはなかなか進まない食事が、その日はこの手紙のおかげで早いこと終わった。そして波子は片づけも手伝い、私を急かせて座らせた。波子がこんなにもこの手紙の中身が気になるのはなぜなのか、このときはまだ気づかなかった。

父からの手紙には、こう書いてあった。

〝元気ですか。波子も大きくなったことでしょう。先日、教会の牧師様から手紙が届きました。二人で一生懸命にがんばっているとのこと、安心しております。また、波子からも手紙が来て、一度こちらの田舎へ遊びにいきたいと書いていたが、もし夏休みにでも来られたら、二人で来たらいい。また、教会の教一君も一緒に連れてきてあげるのもよいのではないか。いろいろと思うことがあると思いますが、今はすべて忘れて……、といっても無理かな。でも、この土地に一度帰ることにより、また違った一歩が始まるかもしれない。私たちは、典子の十年間は決してむだではなかったことと信じている。人生一度は、どこかで死ぬほどの決心をする。その大きな決心を乗り越えてきた典子を、私たちは信じているよ。待っているよ。波子に、お前の生まれた故郷を見せてあげなさい〟

(故郷、ああ、私には故郷があったのだ)

あの忌まわしいことがあっても、私の故郷には違いない。今は緑が美しいころだ。花が咲き、ゆったりとした時間が流れているだろう。

(帰りたい)

私はあんなに嫌っていた故郷に、心から帰りたいと思った。

「ねえ、ねえ、なんて書いてあったの。私のことはなんて書いてあったの」

と波子が聞いてきた。

「ああ、波子にはね、夏休みにママと教一君と三人で田舎にいらっしゃいと書いてあったわよ。波ちゃんのお手紙がうれしかったって書いてあるわね」

波子は喜んで、

「教一君にお電話していい？」

「教一君のご家族の予定もあるでしょ。明日、教会に寄って話をしてからね」

「分かったわ。ママの田舎にはお山があるでしょ。海みたいな大きな川もあるでしょ。いっぱいお花が咲いているでしょ。ああ、早く夏休みがこないかな」

と、夢いっぱいに胸を膨らませていた。


その夜、波子は興奮してなかなか寝つかなかった。私もいろいろ考えて、まんじりともしないうちに朝になってしまった。

「ほら、もう七時半よ。早くしないとみんなが来るわよ」

「私、ママの田舎の夢を見て眠れなかったの」

そういいながら、半分まだ目が閉じたまま、波子は起き出してきた。私は、

「あら、そう。眠れなかったの。起きていて田舎の夢を見てたの。うーん、すごいわね」

「だから眠いの」

「じゃ、早く顔洗いなさい。目が覚めるから」

「はーい」

そういって顔を洗っている間に、

「波ちゃん、おはよう」

と玄関で美代ちゃんの声がした。

「ほら、美代ちゃんが来たわよ。あら、おはよう。波ちゃんねえ、お寝坊したの。ちょっと待っててくれる？」

と私がいうと、美代ちゃんは、

「うん、いいよ。今日は五分早かったから、待っていてあげるね」

波子をバタバタと急がせて、ようやく出かけたと思っていると、「ママ」と呼ぶ声がして窓から顔を出したら、

「今日、教一君のこと、お話ししてきてね」

と、わざわざいうために戻ってきた。

「はいはい、分かったわよ。転ばないように急ぎなさい」

「いってきます」

(やれやれ、なんてせわしない朝なんだろう。そういえば、同じような思い出がある)

と、ふと懐かしく幼い頃を思い出していた。

そして出勤時間を確かめて、私は田舎に電話をかけた。母に夏休みに帰ることを知らせた。日時はまだはっきりとは決めてないし、私の仕事の調整をして、できるだけ混雑を避けていくことを話した。母は、

「あなたが帰る気持ちになったことが何よりうれしい」

といってくれた。

「じゃ、また電話します」

といって電話を切った。

波子はよほどうれしかったと見え、会う人会う人にいって歩いたらしく、その日のうちに、田舎に帰ることは近所に知れ渡っていた。

夕方、少し早めに帰してもらい、私は教会に寄った。教会にはもう学校から戻った、波子と教一君がいた。

「ママ、おかえりなさい」

そういう波子の後ろから、

「おかえりなさい」

と教一君の声がした。

「ただいま」

といいながら私は教一君に向かい、

「ママ、いる？」

「いるわよ」

奥から声がして、婦人が出てきた。

「もう、この二人が大変なのよ」

聞けば、学校にいくと、すぐにお友達に、「二人で電車に乗って大きなお山があるママの田舎にいくのだ」と自慢していたという。そして帰ってきてから、私が帰るまでどこにもいかないでいたという。

子供の心がそんなに大きく膨らんでいるとは思わなかった。もう、明日にも出かける騒ぎになっていた。波子が、

「おばちゃま、教一君も一緒にいってもいいでしょ？」

と聞いた。婦人は私の顔を見て、

「大丈夫なの？」

「ええ、その方が私も助かるんです」

「どうして」

「教一君が一緒にいることで、他のことは考えないですみそうだから。こちらさえよろしければ、ぜひ」

と私はお願いした。

夏休みもあと一週間に迫ってきて、波子はあれやこれやとリュックにつめこんで、一人で準備をしていた。そして毎日、教一君とコソコソして、何かたくらんでいるらしい。それは二人が話をしているはしばしにうかがえた。私が「何をしているの」と聞けば、「内緒」という返事が返ってきた。

明日から夏休みという日に、私の勤め先に田舎の母から書留が届いた。開けてみると、田舎までの切符が三人分、入っていた。しかも指定席だった。きっと夏休みになれば電車が混み合うと、気を遣ってくれたのだろう。私は親の心遣いに、

（こんなにも私のことを思ってくれているこの両親に、もう泣き言はいうまい）

とそう心に決めて、仕事場から両親に電話をかけた。いつの間にか留守電がついていたのには驚いた。私はその留守電に書留が届いたことと、とても助かったこと、そして子供たちが楽しみにしていることなどを入れておいた。

明日から私も十日間の有給休暇をとらせてもらうことにしていたので、帰りに挨拶をして帰ってきた。

教会に寄り、明後日の帰省する時間と簡単な話をして、私は家に向かった。

「ただいま」

といってドアを開けて、びっくりしてしまった。

「どうしたの」

と驚いている私に、

「ママ、これとこれ。どっちが私に似合う?」

そういって波子は、二枚のワンピースを代わる代わる鏡の前で自分に合わせてみせた。

「これ、全部、波ちゃんが出したの?」

半分呆れ顔で聞いてみた。学校から帰ってきて、ずっといろいろ出しながら悩んでいたということらしい。とりあえず、

「まだ明日一日あるから、今日はお部屋の隅に置きましょうね。それより、学校からの手紙は?」

「あっ、そうそう!」

波子はお便り袋から通知表と宿題、そして夏休みの注意が書かれたプリントを出してき

郵便はがき

恐縮ですが
切手を貼っ
てお出しく
ださい

1600022

東京都新宿区
新宿1－10－1
(株) 文芸社
ご愛読者カード係行

書　名				
お買上 書店名	都道府県　　市区郡　　書店			
ふりがな お名前			明治 大正 昭和　年生　歳	
ふりがな ご住所	□□□-□□□□		性別 男・女	
お電話 番　号	(書籍ご注文の際に必要です)	ご職業		

お買い求めの動機
1．書店店頭で見て　2．小社の目録を見て　3．人にすすめられて
4．新聞広告、雑誌記事、書評を見て(新聞、雑誌名　　　　　)

上の質問に1.と答えられた方の直接的な動機
1.タイトル　2.著者　3.目次　4.カバーデザイン　5.帯　6.その他(　　　)

ご購読新聞　　新聞	ご購読雑誌

文芸社の本をお買い求めいただき誠にありがとうございます。

この愛読者カードは今後の小社出版の企画およびイベント等の資料として役立たせていただきます。

本書についてのご意見、ご感想をお聞かせください。 ① 内容について   ② カバー、タイトルについて
今後、とりあげてほしいテーマを掲げてください。
最近読んでおもしろかった本と、その理由をお聞かせください。
ご自分の研究成果やお考えを出版してみたいというお気持ちはありますか。 ある　　ない　　内容・テーマ（　　　　　　　　）
「ある」場合、小社から出版のご案内を希望されますか。 する　　しない

ご協力ありがとうございました。


〈ブックサービスのご案内〉

小社では、書籍の直接販売を料金着払いの宅急便サービスにて承っております。ご購入希望がございましたら下の欄に書名と冊数をお書きの上ご返送ください。（送料１回210円）

ご注文書名	冊数	ご注文書名	冊数
	冊		冊
	冊		冊

た。波子は得意気に、

「ママ、私ね、通知表一番だって先生がいってたよ」

「そう、一番。えらかったわね。お留守番しながら勉強がんばっていたものね。じゃ、ご褒美ね。明日、お靴を買ってあげるわね。明日は忙しいわよ。波子のお靴でしょ、田舎におみやげも買わなければね。だから今夜は早く眠りましょうね」

　簡単に夕食をすませてお風呂に入り、まだ九時になっていないのに、布団に横になってテレビを見ていた。

　私はテレビをつけていても、心の中では違うことを考えていた。

　故郷を出て、もう十年の歳月が流れてしまった。その十年は私の人生でなんだったのか。自分の意志とは違う、私が望んだ人生ではない。でも、子供を生むことを決心したのは、間違いなく私だ。後戻りのできない道を選んでしまった。

　明日の夢を見ているのか、波子は笑顔すら浮かべて眠っている。今でこそこの子に救われている毎日だけど、この子のために私の人生が大きく変わったのは嘘ではないと思う。

　いつしか私はうとうとと眠ってしまった。朝、ラジオ体操にいくといって、波子に起こされた。私も一緒に近くの公園にいって、子供たちと体操を始めた。毎年の夏の日課がまた始まった。

体操が終わり、帰り道、美代ちゃんのママが、

「田舎にいらっしゃるのね。お休みとれました？」

と聞いてきたので私は、

「ええ。有休をとらせてくださいってお願いしたの。だって一度も公休以外、休まなかったでしょ。だから有休がまだ残っているのよ。でも最近は買い上げてくれないから、半分は捨てているのよ」

「私もなかなか使いきれないのよね。それでも一年に十日くらいは休むのよ。嘘も方便よ。当然の権利なんだから、利用しなくちゃ」

そういって笑った。

（そうね、本当）

と心では思ったが、口には出さなかった。私は、

「明日から留守にしますからよろしくね。波子、教一君、朝ごはんにしましょ」

と二人に声をかけた。ラジオ体操が終わって、子供たちは公園で遊び出していたが、私の声に、二人とも駆けてきた。波子が、

「ママ、今日、おみやげ買いにいくのよね」

「そうよ。だから暑くならないうちに買い物をすませようね。教一君も一緒に来る？　ママに聞いて、『波ちゃんと一緒にいってもいい』とＯＫが出たら、一緒にいきましょ」

「朝ごはんがすんだらお電話するね」

と波子がいった。

パンと卵と牛乳の簡単な食事をすませると、波子は「先に宿題をできるところまですませる」といって勉強を始めた。

私はその間に洗濯や、明日から留守にするので冷蔵庫の掃除をした。そこに、教会の婦人から電話がかかってきた。買い物に出かける時間を聞かれ、「出かけるときに寄ってほしい」ということだった。私は大体の時間をいった。「その時間なら一緒にいけそうだから」ということになり、駅で待ち合わせをして、その日はみんなで買い物に出かけた。

いよいよ当日、私たちの乗った電車は、夏休みの初めということもあってすごい混みようだったが、両親の送ってくれた指定席券で本当に助かった。

波子と教一君はこんなに長い旅は初めてなので、もう電車の中でシートについているすべてが物珍しく、大騒ぎをしていた。窓から見える景色にも楽しそうだった。あといくつ停まれば降りる駅かと数えながら、椅子を起こしたり、倒したりしていた。私は、

(ああ、あと一時間で、十年ぶりで家に着く)

胸に複雑な思いがこみあげてきて、心の底から喜べなかった。

私の思いになど関係なく、電車はちょうど十二時、故郷の駅に着いた。改札を出たところで、父と母が待っていた。

「お世話になります」

と波子と教一君がいうと、父と母は笑いながら、

「いらっしゃいませ」

といって荷物を持ってくれた。私は、

「ああ、懐かしい。十年ぶりね」

と駅の前に立ち、周りの景色に見入っていた。そして、覚悟をしてこの駅から出ていったときのことが甦ってきていた。

（そうだわ。あの日、この地にはもう帰ることはない、そう思ってこの町を捨てたのよね。でも、こうしてこの故郷に帰ることができたのも、両親の温かい心遣いがあればこそ。こんなにいい両親はいないわ）

と、いろいろな思いが胸の内をかけめぐっていた。

「ほら、早く乗りなさい」

母に促されて、私も父の車に乗りこんだ。

家に向かう途中も、いろいろなことが昨日のことのように次々と脳裏に浮かんできた。長かった十年も、過ぎてしまえばあっという間の十年だ。苦しみ、悩み、心がずたずたになり、そしてこれから先も波子が生きている限り、私の心の傷は癒されることはない。そしてまた私の両親も心に同じ傷を負っていることを、私は忘れることはできない。私の笑顔が少しでも父と母の救いになるのなら、私は、

（せめて田舎にいる間だけでも、元気に子供たちと過ごそう）

そう心にいい聞かせていた。

「はい、着きました」

母の声に、子供たちと歓声を上げて車を降りた。私は玄関を見て、昔の玄関ではないので、

「あら、直したの？」

といって家の中に入った。

「ずいぶん変えたのね、私の部屋も」

と振り返って父の顔を見た。

「向こう側にあった木を切ったから、壁を打ち抜いて、風通しがよくなったよ」

といって父は窓を開けてくれた。私のために家の中まで変えてくれたのだ。あのころの面影は、家の中にはなくなっていた。私の気持ちを思い、私に少しでも嫌なことを思い出させないようにと配慮してくれてのことだと思った。

「さあ、お昼にしましょう。あなたの好きなソーメンとサツマイモのてんぷらよ」

という母の言葉に、

「母さんのイモてんはおいしいのよ」

と私がいうと波子が、

「ママのお母さんでしょ。だから私のおばあちゃんね。こっちがおじいちゃんね」

といって、リュックからサンダルを出した。

「これはおじいちゃん、これはおばあちゃん」

とそれぞれに渡した。

「これはね、教一君と私のおこづかいで買ってきたの。赤いのがおばあちゃん、茶色のがおじいちゃん」

少し派手めな色合いだが、子供にしてはなかなかのおみやげだ。あのときのコソコソ話はこのことだったのだと気がついた。

「あの内緒話はおみやげだったのね」

と私が聞くと、教一君がうなずいた。

お昼ごはんをすませ、子供たちは表に出ていった。

「なるべく日陰に入るのよ」

という私の声に、子供たちは「はーい」と答えた。その後ろを、父がついていった。

「やっぱり田舎の風は涼しくていいわ」

と私がいえば、台所から母の声がした。

「少し横になれば」

「ううん、大丈夫よ」

台所で洗い物をしている母に、私は、

「母さん、いろいろありがとう。家の中まで直させてしまって」

「違うのよ。最近、わけの分からない虫が出るようになってきたからよ。もうだいぶ傷みもひどくなっているから建て直すことも考えたけど、この家は私たち二人だけで終わりにしようと、父さんと話し合って決めたのよ。もういよいよとなったらこの土地も山も全部整理して、あなたのいる横浜に行くことに今はしているの。でもこの先、変わるかもしれない。そのときそのとき、一番いいと思う考えに変えていくつもり。だから、あなたも自分のせいだなんて思わないでね。とにかく過ぎたことにくよくよしても、後ろには何も開けないのよ。ここまでがんばってきたんじゃない。後ろを向かないで。ね、前だけを見ていきましょ。あなたの暗い顔は見たくない。ほら笑って、笑って。そうそう」

そういいながら、母は涙をエプロンでそっと拭った。

私は辛かった。もう二度と泣き言はいうまいと覚悟してきたのに、父と母のやさしさが、ものすごく辛かった。


「ただいま」

子供たちが帰ってきた。二人して次から次に話をして、私はただ「うんうん」と聞いていた。そこへ父が、

「ほら、セミが取れたよ」

といって虫かごを見せた。またそこで大騒ぎだ。教一君が、

「田舎っていいね」

「あたしも大好き」

と波子もいった。父は、

「そうか、田舎がいいか。そうだろう。川にはお魚がいるし、牧場にいけば牛がいて、おいしい牛乳やアイスクリームも食べられるしね」

「ママ、アイスクリームがとってもおいしかったよ」

と波子はいった。私が心配して、

「少しあなたたち、お昼寝したら」

といったら、

「眠くない。表で遊んでくる」

と二人は出ていった。

「遠くにいかないでね」

といって私は子供たちの見えるところに座った。父が、今夜は庭でバーベキューをしようという。母は、

「お肉はあるから野菜だけね、お父さん。子供たちと畑にいって取ってきてくださいな」

父はかごを持って、子供たちを誘って畑にいった。まもなく、ナスとピーマンとトウモロコシを取ってきた。

庭で食べることに子供たちは大喜びをして、それはそれはにぎやかな夕食だった。

やがてお風呂を浴びて、まもなく疲れたとみえ、子供たちは早々に寝てしまった。私も何もしていないのに、何か疲れてしまった。

「父さん、先に休みます。おやすみなさい」

私は子供たちの横に布団を敷いて、横になった。

じっと目を閉じて眠ろうとしても、なかなか寝つけない。心に思うまいとすればするほど、あの忌まわしいことを思い出してしまう。ただ助かるのは、いくら思い出しても相手の男の顔がぼんやりとしか浮かんでこないこと。十年の歳月が、私の心の中からあの嫌な記憶とともに少しずつ、面影まで消してくれていたような気がする。


一週間は瞬く間に過ぎてしまった。明日は帰るという前日の夜、子供たちが眠るのを待って、私は両親とゆっくり話をした。

父も母も心の中では心配していてくれたと思うと、ここにきてあの忌まわしい出来事が自分の中で遠い昔のこととして小さくなりつつあること、あんなにはっきりと覚えていた

顔がなぜか今は思い出せないことを話した。父が、

「それが時間というものだよ」

とぽつりといった。母が、

「すべては時間が解決するということね」

次の日、昼過ぎに私たちは田舎をあとにした。父と母は、

「暮らしは大丈夫か。無理をしないで、疲れたらいつでも頼ってほしい」

といって、封筒を私のバッグに入れた。

第四章　波子のフランス留学

あれから幾度かの夏を送り、波子もこの誕生日で十八歳を迎える。私も三十八歳になり、今ではときどき周りから姉妹と間違えられる。そんな波子が私は内心、得意だった。中学でも高校でも、成績は学校で一番か二番を争うほど優秀だった。ときどき、（この頭のよさは私には似ていない。あの男は、もしかしたら頭はよかったのかもしれない。ただ、空腹と寂しさで感情のままに走ってしまったのかもしれない。あの事件さえなければ、あの男もこんなかわいい、頭のいい、やさしさを持った子供と幸せを味わえていたはずだ。人間、どこで道を間違えるか分からないものだわ）

と、一人ベランダの花を見ながら思っていた。

夕方、私は部活を終えて帰ってきた波子に、

「今日は波子の誕生日だからレストランにいきましょ」

といって、二人で出かけようとしていた。そこへ、教会の教一君がケーキとプレゼントを持ってきた。

「波ちゃん、おめでとう」

「ありがとう」

二人は座りこんで話し出した。私は呆れ顔で、

「二人とも毎日電話してるのに、よくもまあ、話すことがありますね。教一君も一緒にいきましょ」

「どこへ？」

「波子のお誕生日のお食事にいくのよ。早くしないと帰りが遅くなるわよ」

「俺、テレビ番組に丸つけてあるから、いけない。じゃあ、またな」

といって、教一君は駆け出していった。

結局、レストランには二人でいき、

「おめでとう」

「ありがとう」

と言葉を交し、ジュースで乾杯した。

「ねえ、お母さん、聞いてもいい？」

と波子がいった。私は一瞬、ドキッとした。

「何を。答えられることなら、なんでもどうぞ」

私はドキドキしながら、波子の次の言葉を待った。

「お母さんは高校を卒業してお勤めしたんでしょ。なのに、私を大学にいかせたいのはなぜ？」

「とくに意味はないわよ。ただ、あなたの成績ならどこの大学にも合格するでしょ。だから、出ないより出るに越したことはないでしょ。先生も、『絶対に大学に進ませてください』といっていたわ。あなた、嫌なの？」

私はホッとしながら、逆に聞き返した。

「嫌じゃないけれど、お母さん一人をずっと働かせて、私一人が好き勝手をしていいのかな。最近、それが気になって考えていたの」

「お金のことなら心配はいらない。田舎のおじいちゃんが、『いつまでも山を持っていてもしょうがないから』といって山を半分売ったから、そのお金の一部を波子の進学資金にと銀行に預けてあるの。安心して大学を選びなさい」

と話して聞かせた。

「本当に安心していいのね。ああ、よかった」

そして波子は、日本の大学より海外、フランスの大学を選んだ。

「世界の法律を勉強して、日本のために働きたい」

といっていた。

波子がフランスに出発する一週間前に、田舎から父と母も来て、狭い家の中は大変なにぎやかさだった。

東北大学に進んだ教一君も、出発の二日前に横浜に帰ってきていた。

「おお、波子。お前、本当に一人で大丈夫か。フランスだから治安はいいと思うけど、気をつけろよ」

そういって寂しそうだった。

「フランスには今までのように年中は電話はかけられないね」

父がいった。波子は、

「二年たてば帰ってくるわよ。だからそのときは、またこうして皆で迎えてね」

出発の日、波子は教一君の車に乗って出かけていった。見送りは、教一君と彼のママとパパの三人にお願いした。

あまりにも簡単に「いってきます」といってしまったのも、何か物足りない感じだった。体中がものすごい脱力感に陥っていた。

いってしまった、私はその一言しか言葉が出てこなかった。

私と父と母との三人は、何もいわずにただ黙ってぼーっとしていた。どのくらい過ぎたころか、父が、

「そうだ。波子から手紙を預かっていた」

といって、波子の引き出しから出してきた。「お母さんへ」「おじいちゃんへ」「おばあちゃんへ」と、別々に封筒に入れてあった。

父が先に開けて読み出した。そして、内容を話してくれた。

〝大学にいけるのは、おじいちゃんやおばあちゃんが今までずっと協力してくれたからです。本当にありがとうございます。私は、いつも私に父親のいない寂しさを味わうことがないようにがんばってくれた、どんなときでも私を大事にしてくれた、そんなお母さんに心から感謝しています。今度も私のわがままですが、聞いてくれたお母さんを一人にしてしまうことがとても気がかりで、すまないと思っています。どうか、お母さんのことをお

願いします〟

次は、母が開けてみた。中からかわいらしいお守りが出てきた。

〝同じお守りを五つ買いました。その三個は一つずつ、お母さんとおじいちゃんに渡してください。私が帰るまでの安全祈願がしてあります。月に一度、田舎にも電話をかけます。なるべく朝早くかけるからね。楽しみに。お母さんをお願いします〟

私は開けてみる勇気がなかったから、両親が田舎に帰ったあとも、まだ開けることができないでいた。

やっと一人の生活になんとなく慣れてきたころ、朝早くに波子から電話がきた。

「お母さん、おはよう。起こしてごめんなさい」

「どうしてる？　ちゃんと食事してる？」

「私はもうお友達ができて、そのお友達の家に今日は招待されているの。とってもいい人なのよ」

「そう、よかったわね。でも、いい人ぶる人ほど恐いからね。初めての人には、どんなときでも油断してはだめよ」

私は強い口調になってしまった。波子は、

「気をつけるから大丈夫」

といって電話を切った。

(そうだ、まだ手紙を開けてなかったわ)

私はそっと手紙を開いてみた。

〝大好きなお母さんへ　私のためにずっと独身を通してくださって、本当にありがとうございました。私はときどき、お母さんはこれで本当に幸せだったのか、もしかしたら私がいなければ、誰かと結婚してもっと幸せな人生があったのでは、そう思うことがあります。もし今からでも遅くなければ、自分のために誰かと幸せになってください。私のために生きた十八年から、今度はお母さんのための人生を歩んでください。私の大切な大切なお母さんへ〟

私は、布団の中で声を出して泣いてしまった。こみ上げてくるものはいったいなんだろうか。寂しさでもない、悲しさでもない、この不思議なせつなさはなんだろう。

いつものように私は教会に寄って、婦人に波子からの手紙を読んでもらった。

「あなたの苦労は報われたわね。こんなにもいい子に育ち、両親が揃っていてもうまく素直に育たない今の世の中に、本当に自慢できる子よ。波ちゃんのおかげで、家の教一もいい刺激を受けてまともに育ってくれたわ。教一が大学を卒業するころには、波ちゃんも帰ってくるといいわね。予定では二年の約束といってたわね。教一と何か約束していたわよ。あの二人、どう見ても恋人には見えない。まるで兄妹みたい。主人ともよくいってるのよ。他人という意識がないのがいいのでしょう。もう、それぞれの心の中に異性としての感情が出てきてもいいはずだけれど、何をするのも同じように育ててきたのが、今思えばよかった。二人のこれから先は成りゆきに任せましょ」

と婦人はいった。

そして、一年が過ぎていった。

〞こちらの卒業は九月ですので、まだ一年近くあるけれど、とりあえず三月に一度帰ります。迎えにこなくても大丈夫です。田舎のおじいちゃんとおばあちゃんにも、私から田舎にいくから横浜には来ないでいいよ、と伝えておいて〟

と、波子からの手紙が届いた。

ところが、三月を過ぎても波子は帰ってこないので、私は心配になって何度も何度も電話をかけてみたが、いつも呼び出し音だけだった。

最近、海外に出かけている日本の女性がなんらかの事件に遭遇して、命を落とすニュースが毎日のようにテレビで報じられている。そのたびに、私は波子のことが気になっていた。頭もよく、容貌も特別ではないが普通以上、そんな波子に言い寄る男がいても当然だ。騙されなければいいが、泣くことにならなければいいがと、どこの親たちもが心配するようなことを同じように心配していた。

そんなことを考えていたとき、突然、電話が鳴った。

「もしもし、お母さん。私、今ね、那須の田舎にいるの。少し前に着いたの。ごめんなさいね、びっくりさせて。フランスのお友達に私の田舎を見せてあげたくて、一緒に来たの。成田から教一君の車で、直接来たの」

私は電話を切ってから、頭の中で今いわれたことを整理してみた。ああ、そういうことなのかと一人で納得していた。

（教一君も昨日の夜、電話で話したのに何もいわなかったわ。なぜ？　知っていたはずなのに。波子に口止めされたのか、私が知っていると思ったのかしら。嫌ね、私の今日までの心配はなんだったのかしら。ばかみたい。疲れちゃうわ）

そのとき、また電話のベルが鳴り、田舎の父からだった。

「仕事が休めるのなら、田舎に来ないか」

「このところ波子のことで眠れない夜が続いたから、安心してゆっくり休みたいの。波子のことはよろしく」

と、田舎にいくのを断った。

次の日、私は久しぶりにデパートにいってみようと家を出た。

途中、教会の婦人と出会い挨拶をしたが、何か考え事をしているのか、私にはまるで気がつかない様子。私は婦人の隣に並んで歩いた。

「あら、ごめんなさい。声をかけてくださったのね。気がつかなくて。教一のことで考え事をしていたもので」

「教一君のことですか。そういえば、教一君は波子を成田に迎えにいって、今ね、私の田舎にいるようよ。ついさっき、田舎にいますって電話がきたの。フランスのお友達も一緒に日本に来たようね」

「そうですか。実はね、教一の親らしき人があの病院に来ていると、病院から電話がきたのよ。もうびっくりして、どうすればいいか考えていたのよ。それで、今から院長先生と三人でお話しして、事実関係を調べてみることになったの」

「もし本当に教一君の親だったら、渡すのですか」

「渡すか渡さないかよりは、教一がいくかいかないかでしょうね。教一自身の気持ちを、一番優先しなければいけないことですものね。私はただ、なんていったらあの子が傷つかないで穏やかにすむか、そのことだけが心配なの」

この二十年間、どんなに大変な思いで教一君を育ててきたか、婦人の話を聞きながら、愛情の深さを知った。

「じゃあ」

といって私は婦人と別れた。

一人で当てもなくデパートの中をふらふらと、見るとはなしに歩いていた。

（久しぶりのにぎわいの中にいても、なぜ私の心はいつも冷めているの。『あれがいい』、『わあ、素敵』なんて、心の中だけでも思うことがないの）

と自問しながら歩いていた。

私は夕陽が沈むころ、教会に立ち寄った。昼間の「教一君の親らしき人が来ている」という話が気がかりで、婦人に会いにいった。

ちょうど牧師様と二人で食事を始めるところだったので、

「ちょうどいいわ。私もここで一緒に食べていこう」

といって、私は途中で買ってきた押し寿司を出して開いた。婦人が牧師様に、

「あなたの大好物ね」

といって、小皿に押し寿司を取り分けた。私は、

「ここに来るとわが家にいるように、なぜだか安心するのよね」

「何年ぶりかな。こうして三人でテーブルを囲んで食事をするのは」

と牧師様はいいながら、目を宙に向けた。

「そういえばあのころは、あまりいい思い出はなかったわね」

と婦人がいい、私もいつしか、二十年前の一番苦しかったときを思い出していた。

それから五日後、波子は教一君の車でお友達を連れて帰ってきて、私に心配をかけたことを詫びた。

私はそんなことより、教一君のことが気になっていた。今、彼は波子たちを家に送り届けて帰っていったが、これから聞かされるであろう生みの親の存在を知ったときの気持ちを思うと、私は他人事ではすまされない心持ちだった。

このことを、波子に話すべきか否か迷った。私は波子を見つめながら、

(この子も、自分が喜ばれて生まれてきた子ではないことを知ったときはどうするのだろうか。泣いて私を責めるのだろうか。それとも犯罪者の子として苦しむのだろうか。いつかは事実を知る日が来ることになるだろう。そのとき、私はどういう対処をしたらいいのか。今から心の準備をしておかなければ……)

「お母さん」

私は波子の呼ぶ声にハッとした。

「どうしたの、さっきから呼んでいるのに。心配事があるの？」

「ううん、何もないのよ。ごめん、ごめん。何」

「彼女、フランスで生まれた日本人で、名前は日出子さん。でも、日本語はまったく分からない。おもしろいでしょ。フランス国籍で、ちょっと理解しにくいのよね。でも、そんなことどうでもいいこと。要は人間対人間の心の問題だから」

そういって、日出子さんを私に紹介した。

「日本に帰ってから那須の田舎の家に三日泊まり、それから彼女のお父さんの故郷の仙台を二日間歩いたの。そしてやっとわが家に帰りました。教一君に、田舎にいくことは口止めしたの。おじいちゃんたちをびっくりさせようとしてね。だから成田に迎えに来る前の晩、お母さんに『波子がどこにいるか知らない？』って聞かれたときは辛かったって教一君、いってたわ。許してね。みんな、私が仕組んだことなの」

と波子は笑った。

「少し出かけるけど、お母さんも一緒にいかない？」

と私を誘ってくれたが、そのとき、

「二人でいきなさい。教一君は、誘っちゃだめよ」

と口にしてしまい、あっと思ったが遅かった。

「えっ、なぜ？　だって約束してあるのよ。何かあったの？」

波子が聞き返してきた。私は思わず慌てて、

「何も、何もないわよ」

と答えた。波子は仕方なく日出子さんと出かけていった。

私は教会に電話をかけてみようかと考えていた。しかし、事の成りゆきが自然と分かるのを待つことにした。


波子は毎日、日出子さんを連れて日本の観光案内をしていた。次の日は伊豆にいくことにしていた前の日の晩、急に教一君から電話があり、

「用事ができたから明日はいけない」

ということらしい。波子は、

「電車でいくのも楽しいから大丈夫よ。何かこの二、三日元気がなかったけど、そのこと

が原因しているの？」

と聞いていた。たぶん彼は、何もいわないで悩んでいたのだろう。そして波子は、

「分かったわ。じゃあ、帰ったら電話するね」

そういって電話を切ると、私に聞いてきた。

「お母さん、教会で何かあったの？」

「知らないわよ。どうかしたの？」

「ここ二、三日、教一君がおかしいのよ。何か変なのよ。そういえばこの前、お母さん、変なことといったわよね」

「そう？　何かいったかしらね」

と私は忘れたふりをした。

「ほら、いったでしょ。今日は教一君を誘わないようにって。あの次の日からよ。何か考えている様子だったわ。お母さん、本当のことを教えて。私と教一君は家が違っても、兄と妹よ。そういうふうに育ててきたんでしょ。小さいころから、どんなときでも私のことを一番に考えてくれて、なんでも話せるお兄さんなのよ。ね、教えて。教会で何があった

の、お母さん。教一君はいつも私の相談に乗ってくれて助けてくれたのに、私は彼の役には立てないなんて、悲しいわ。お母さんが話してくれないなら、私、教会にいってくる」

そういって波子は日出子さんに何か話して、出かけようとした。私は、

「人にはいえないことや知られたくないことがある。向こうから話してくれるのを待つのもやさしさよ。もし本当に波子が教一君のことを思うなら、今は何があったのか分からないのに騒ぐことはやめた方がいいと思うけど」

そういって波子の足止めをした。

「分かったわ。少し待ってみるわ。大事でなければいいけど」

波子はそういうと、教会にいくのをやめにした。

波子と日出子さんの二人が伊豆から帰った次の日、朝早く、教一君がいつもと同じような顔で二人を誘いにきた。

「おはよう、波。いくぞ。今日はガソリン満タンに入っているから、どこでもいいよ。早くしろよな」

と、まったくいつもと同じ、何事もなかったような感じだったので、安心して三人を送

り出した。

私は仕事にいく時間より少し早めに家を出て、教会に寄ってみた。婦人も牧師様もくつろいでいた。私は聞いてみた。

「教一君にお話をしたのですか？」

私が聞くと婦人は、

「隠しても、いずれ分かることとは隠さない方がいいのではと話し合って決めて、すべてを話したわ。ただ一つだけの嘘は、捨ててあったということではなく、『赤ちゃんを抱いて夜遅く途方に暮れていたご両親から預かった』、そういうことにしてありますから、波ちゃんにもそのように話を合わせてね」

「分かりました。で、教一君は大丈夫だったんですか？」

「初めは黙って聞いていたけれど、『そう』と一言。きっと子供のころの、あの噂は本当だったのだと思ったみたい。一昨日ね、本当のご両親と対面したの。ご両親は教一があまりに立派になっていて、びっくりなさってました。お母様は、二十年前、三人で死に場所を探していたところで私と出会い、いろいろとお話をして『子供だけでも助けましょう』

といって生まれて間もないお前を自分の子として育ててくれた、そう教一に話をしたそうよ。捨てた親も、捨てたというより預けたといった方が救われるでしょ。本当の名前は高木洋一なんだって。生まれたときは届けさえ出せないくらい苦しかったみたいよ。だから、ここで届けを出した名前が、本当の名前なの。洋一という名前は幻の名前になってしまったのよ。教一の心の中は見えないからなんともいえないけれど、表面は特別に変わらないので、私たちは救われているのよ」

私は分かるような気がした。このまま穏やかにすめばいいと思いながら、仕事場に向かった。

その夜、遅くに帰ってきた波子たちは、寝ている私に気を遣いながら布団に入った。

翌朝、私が起きても起き出してこないので、部屋をのぞいてみた。日出子さんは目を覚ましていたが、波子はまだ眠っているようだった。私は日出子さんに、指を唇に当てて「起こさなくてもいい」と合図した。日出子さんは指を丸めて「オッケー」といった。あと三日もしたらフランスに帰らなければならないので、せめて家にいるときくらい好きにし

たらいいと私は思っていた。台所で調理をしながら、

（今夜は皆で、日出子さんの歓迎会と送別会を兼ねて、パーティーをしよう。何がいいかな。手巻き寿司にあと何にしようかしら。聞いてからにしよう）

などと思っていたところに、

「おはよう」

と二人が起きてきた。波子が、

「昨夜は遅くなってごめんなさい」

「どこまでいったの」

「ディズニーランド」

といってミッキーマウスの帽子を見せた。

「楽しかったわよ。ね、日出子さん。この帽子、三人、お揃いよ」

と、昨日の話をし始めた。朝ごはんを食べながら、本当に楽しそうだった。

食事が終わったあと、二人はフランスに帰るため、お友達へのおみやげの整理を始めた。足りないのは、今日と明日で見て歩くことにしたという。私は、教一君の話が出ない

のは、まだ知らないからだろうと思っていた。

「明日と明後日はお休みするから、今日はお留守番よろしくね」

といって、私は仕事に出かけた。途中、パーティーのことをいうのを忘れたのに気づき、電話をかけた。波子は二人で準備をしておくから、といった。

その日、私は少し早く会社を出て、この半月、波子たちがお世話になったお礼に、教一君にポロシャツを買って帰った。

家に着いたときには、パーティーの準備はできていた。そして皆、揃っていた。

「あら、私が一番最後だったのね」

といいながら家に入った。婦人が、

「少し先に始めましたよ」

「どうぞ、どうぞ。私こそ遅くなってしまってごめんなさい」

それぞれに、とりとめのない話に久しぶりに花が咲いていた。

「教一君、この半月、波子が大変お世話になりましたね。ありがとう。また、明後日も成田まで送ってくださるのよね。あなたも忙しいのに本当にありがとう。これ、私からのほんの気持ち。受け取ってね」

そういって、私は教一君に包みを渡した。

「えっ、いいのに。俺たち兄と妹、仲良くするのは当然だよ。おばさん、心配しないで。な、波子」

「でも、お母さんの気持ち、ありがたくいただいてあげれば」

と波子がいった。パーティーが終わり、

「じゃ、明日な」

と教一君親子は帰っていった。

「さっ、片づけは簡単にして、休みましょ」

この日はみんな早々にふとんに入った。

次の日の夜、私は波子にいった。

「明日フランスに発つ前に話があるから」

「それなら今の方がいいわ」

波子がそういうので、私は思いきって話し出した。

「実は教一君のことなんだけれど、教一君、何もいわなかったの？」

「教一君の出生のこと？」

「ええ。やっぱりいったのね。それで、なんだっていってた？」

「あんまりはっきりはいわなかったけど……。『実は子供のころのあの噂がやっぱり本当だったよ。今、生みの親が現れても困るよ。な、そうだろう。今まで自分の子供として育ててくれて、こんな俺を大学まで入れてくれた。他人の子供に教養までつけてくれるか』とそういっていたわ。『俺は今まで通りに、母さんと父さんに甘えさせてもらう』ともいってた。それが悩んだ末に出した答えじゃないの。教会のおじ様もおば様も、『教一君の好きにしたらいい』といってくれたそうよ。教一君、卒業したらお父さんのあとを継いで牧師さんになるんだって。その勉強のためにフランスに来るんだって。パリにある教会に勤めて勉強するそうよ」

私は教一君が、育ててくれた恩返しに牧師の道を選んだとしたら、それは大変に間違っていると思った。

「そう。そのことは、おじ様もおば様も知っているの？」

と聞いてみると、波子は、

「そこまでは話してないそうよ。だからお母さん、黙っててあげてね。彼は彼なりに悩み、苦しんで決めたことだと思うから」

「そんな」

私は困ってしまった。

次の日、教一君が迎えにきてくれて、今度は私だけが送っていくことにした。

「成田はいつも混雑しているわね」

そういう波子に、私は聞いてみた。

「あなた、卒業したら帰ってくるのね」

「今はそのつもりよ。あと半年、母さんもがんばってね」

と波子は私にいい、そして、日出子さんと二人で旅立っていった。

帰り道、私は教一君にいろいろと話をした。その中で彼は、

「父を尊敬しているから自分も将来の職業として牧師を選んだんです。まだ両親にはいわないでほしい。僕の本心です」

といっていた。私は教一君といい波子といい、普通の境遇に生まれてこられなかった分だけ、神様はやさしさと教養を恵んでくれたのかもしれないと思った。きっかけはどうであれ、私は教一君を理解してあげようと思った。

(ああ、今日からまた一人だわ)

一人で暮らす月日は長く感じられるが、過ぎてしまった六カ月はあっという間だったなぁと感じているころ、久しぶりに波子から手紙が届いた。卒業を控えての帰国の手紙だと思って、開いてみた。

手紙は、

〝お母さん、ごめんなさい、ごめんなさい〟

から始まっていた。何があったのかと読み進めていくと、

〝フランスのテレビ局にいたずらに応募して入社試験に受かってしまい、断ることができなくなってしまった。だからあと一年か二年、待ってほしい〟

と、そういうことらしい。

〃入社は十月で、卒業式のあと一月しかないので、帰れません、ごめんなさい。何か仕事で日本にいけるといいなと思っています。お母さんにはわがままばかりいって、許してください。田舎のおじいちゃんとおばあちゃんにも手紙を出しておきました。くれぐれも無理をしないでください。また手紙を書きます〃

私は読んでいるうちに、なぜか心の中でホッとしていた。そして、

（ああ、あの子も二十歳になったのか）

と複雑な思いが胸をよぎった。

第五章　忌々しい因縁

波子の手紙が届いてから半年後の今、五月晴れの気持ちのいい昼下がりに、突然テレビに映ったその男の顔に、私は釘付けになっていた。そして、怒りがこみ上げてきた。タイトルを見て、なおも驚いた。もう、自分の中のすべての血管の血が逆流を始めたような、なんともいえない茫然自失の状態だった。

その男は中川秀といい、今五十一歳だという。六年前に刑期を終えて、それから東京の叔父さんの会社に勤めながら、地域の不良学生や家出した子供たちのよき相談相手になって、今やこの界隈の名物男になっているという。テレビの司会者は、相手の心など関係なく、ずばずばと聞いていた。そして私が恐れていたことを司会者が聞いたときは、思わず耳を塞ぎそうになった。

「空き巣に入ったときの、暴力で女性を犯すという行為は、その女性の一生も変えてしまう。もしかしたら、その行為のために自殺した女性もいるかもしれませんよね。あなたはここで、その女性たちにいうことはありませんか？」

その男は立ち上がり、深々と頭を下げて、

「許してください。いいわけはしません。許してください」

といって座った。

その番組が終わったと同時に、電話が鳴った。父からだった。

「はい。見たくなかったけど目に入ってしまったわ。まだ体が震えていて、止まらない」

「父さんも名前はあの事件の直後に聞いていたが、忘れていた。テレビの番組を見てる途中に思い出し、食い入るように見つめた。画面から見る限りでは、それほど悪人には見えない顔立ちをしているね。彼にとっては事件は時効でも、一生背負っていかなければならない地獄だね。典子、しっかりしてな。波子には絶対に悟られることがないようにな。それでなければ、今までの典子の苦労がむだになってしまうからな。メモなんかその辺に置いてはだめだよ」

「ええ、分かってるわ。今、私の頭の中はなんにも考えられないから、少し落ち着いてから電話をかけるから」

そういって、私は電話を切った。

そこに、突然波子から電話がかかり、

「今、駅から歩いている途中で、あと五分で家に着きます」

という。なんということ、偶然の恐ろしさに、私はどうしたらいいのやらパニックになっていた。

「ただいま」

考える間もなく、波子が入ってきた。

「おかえり」

普通にいったはずなのに、声が上ずっているのに気づいた。

「突然ね。どうしたの、仕事？」

何を聞いているのか自分では分からないままに、瞬間の思いつきがそのまま口に出ていた。聞きながら、私が夢中でテーブルの上のメモをちぎって丸めて捨てたのに波子は気がついて、

「今の何？　母さん、慌てていたわね。私に関係あるの？　あっ、でも、もしかしてお母さんにラブレターかな。あっても不思議ではないわよね。よかった、そういう人がいたんだ。まだ若いお母さんを放っておく世の男性は、女性を見る目がないと思っていたけど、見ている人は見ているのね。教えて、ね」

「そんな人、いないわよ」

と私は笑ったが、顔がこわばっているのを感じていた。波子がコーヒーをいれながら、

「私、十日間お世話になります。それから、もう生活費は自分で働いたお金で十分間に合うから、田舎のおじいちゃんに『もう心配しないで』っていってね。この間、手紙を出しておいたけど、今度は私がお母さんの面倒を見るからね」

といってくれた。複雑な心境だった。

だけど、何事もなく十日間の休暇を終えて、無事に波子はフランスに帰っていった。私は何かものすごく疲れを覚えて、一日休暇をとって休んでいた。体を横たえながら、あの男のことが胸をよぎった。

年ごろになり美しく成長した波子を、

「あなたが強姦してできた子ですよ」

といって会わせたら、どんな顔をするだろうなんて、残酷なことを思い描いている自分に向き合っていた。

（どんなことをしても絶対に会わせるわけにはいかないけれど、ときには世の中の偶然っ

て恐ろしいほどに身近にあることも事実だから、ただそのときがこないことを祈るしかないわ）

そんなことを思いながらうとうとしてしまったようで、目が覚めたらもう夕方になっていた。

目が覚めても何かすっきりしないので、少し港の空気でも吸ってくれば治るかもしれないと思い、一人で黄昏《たそが》れゆく港に来て、今にも泣き出しそうにどんよりとしている海を見つめていた。

（私の一生ってなんだろう）

ふと頭の中に浮かんできた。本当に、波子を生んだことは正しいことだったのか。それと引き替えに私の一生は、私の望んでいない方向にきてしまった。そう、ここで教会の婦人に会ってしまったときから、私の進む道が決まってしまった。もし婦人に会うことがなかったら、今の私と波子という存在もなかったのかもしれない。人の一生は何かのきっかけで大きく変わっていくのかもしれない。それも運命なんだろうか。

そのとき、

「降ってきそうですね。ああ、海はいつ見てもいいですね」

聞き覚えのある声に、私は体が凍りついていくのを覚えた。

偶然というものは、この人だけには絶対に会いたくないと思えば思うほどに起きてしまう。顔を見るのが恐かった。見たくはなかった。私は平静を保つのがやっとだった。そして顔を見ないように、

「そうですね」

といって立ち上がり、帰ろうとしていた。後ろから、

「奥さんは、この近くにお住まいですか？」

「はい。いいえ。いいえ、遠いんです」

私はとっさに答え、歩き出した。自分では走っているつもりなのに、周りの景色は全然変わっていない。男はなおも、

「僕は東京なんですが、何年かぶりに来てみたんです。僕は若いころ、ここが好きでよく来たんですよ」

私に足並みを合わせて、一人思い出話をしていた。

走り出したい気持ちと、男への恐怖感からそれを止めている心が交錯していた。

「僕、昔、バカをさんざんやって、刑務所に十年入っていたんです。今は叔父貴のところで働きながら、世の中に何か罪を償わなければと思い、近所に不良のたまり場があるから、そいつらをまともにしてやろうと思ったんです。そしたら何か気が合って、だんだん人数が増えて、今やボランティアか仕事か分からない状態になってしまって。はははは。五十過ぎて、ときどき虚しくなってきましてね。こうして一人で海を見つめて、自分の犯してきたことを悔いては、刑期は終えても自分の中の罪は消えない、生きて恥をさらしていくことが、過去を償うということなのだと自分自身にいい聞かせているのです。子供たちと向き合って話を聞いてやるとき、いつも自分を見ているようで泣けてくるんですす。すると、話をしているそいつも泣くんですよ。そして心の中が洗われていくのか、そいつも自分がしていることに気がつく。僕が悪さをしていたころ、向き合ってくれる誰かがいたら、僕も前科者にならないですんだのに。でも、それは甘えですよね」

私は男の話にいつしか耳を傾けていた。男は、なおも話を続けた。

「小さいころに両親を亡くしてから、僕の人生は変わってしまった。今思えば、親のいない子供たちはたくさんいるのにね。そのときは自分だけしか見えなかった。本当に、人生悔やんでも悔やみきれるものではないですよ」

いつしか、周りは夜の闇に包まれてきた。船に灯がともり、海の上を波を蹴立てて灯が行き交っていた。そのとき、前方から自転車に乗って、二十歳ぐらいの女性が通り過ぎていった。それを見ながら男は、

「まともな生き方をしていたらあのくらいの子供がいて、明るい灯の下、にぎやかな家族団らんができてたのに。若気の至りなんて、あとでは取り返しがつかないですよね」

黙って聞いていた私に、

「すみません、関係のないあなたに僕の過去なんて話してしまい、迷惑でしたね。僕は久しぶりに、自分を見つめながら話すことができました」

チラッと時計を見ると、もう七時を過ぎていたので私は、

「ごめんなさい、帰りますので」

「ここであなたにお会いしたのも、僕が初めて自分の過去について話したのも何かの縁。一度、お食事につき合ってくださいませんか。一人で食事するほど、まずいものはありま

せん。お願いします」

と男はいった。闇の中では私の顔が見えないので、私は少し安心していたが、食事となればどうしても明るいところで顔を合わせなければならない。私は、

「ごめんなさい。帰りますので失礼します」

といって走り出した。雨がしとしとと降り出してきた。背中越しに、男の声がした。

「また、ここでお会いしましょう。おやすみなさい」

動揺を隠せないまま家までは、なんとかたどり着いたが、がらんとした家に一人でいて、誰もいないこの家が、目に見えない大きな何かに振り回されて崩れていくような、そんな恐怖を感じていた。

私は家に帰っても食事をする気になれず、お茶をいれた。そして田舎の父に電話をかけて、今あったことをすべて話した。父は驚きとともに、運命みたいなものを感じるといった。そして、

「二度あることは三度というから、今度は波子と遭ってしまう可能性がないとはいえないな。そのときの心の準備をしておかなければならなくなったね。さて、そのときどうする

かよく考えて、決して早まらないように教会のご夫妻にも相談してごらん。皆でいい解決策を考えてみるしかない」

「分かったわ」

といって私は電話を切った。

それから半年が瞬く間に過ぎて、まだ十一月だというのに町はクリスマスセールが始まり、にぎわっていた。

波子もフランスのテレビ局に勤めて一年が過ぎ、最近では忙しいのか、一月に一度電話がかかるだけになってきていた。

私はあの男と遭うのが恐くて、港にはあれ以来いってなかった。だが、心の中では、どこを歩いていても「遭うのでは」といつも警戒していた。

十二月の初め、波子と教一君から私宛にクリスマスプレゼントが届いた。開けてみて驚いた。フランスまでの航空券だったのだ。カードには、

「新年をフランスで一緒に迎えてください。そして、日出子さんの結婚式に一緒に出席し

てほしい」

とあった。

（ああ、あの日出子さんの、結婚が決まったのね。もうそんな年齢になったのね）

私は教会に電話をかけてみた。やはり、同じような手紙と航空券が二人分入っていたという。

「せっかくの子供たちの心遣い、喜んで受けましょう」

ということになり、フランスいきが決まった。

受話器を置くのと同時に、父から電話がかかってきた。田舎にも同じものが届いたということだった。日付は皆同じだから、父と母は出発の二日前に私のところに来ることになった。

それからの私は忙しく動き回っていたので、男のことは忘れていた。

教会の婦人と二人で、フランスに持っていくおみやげを買った帰り、

「寒いけど、少し休みましょ」

と、港のベンチに腰をかけて話していた。話しながら、私の目は周りを見回していた。

「やはりここに来れば、思い出してしまうのは仕方ないわよ」

と婦人は同情してくれた。

三十分くらいして、

「寒いから帰りましょ」

と歩き出したそのとき、少し離れたところから私をじっと見ている視線を感じた。何気なく歩きながら私は婦人に、

「こちらを見ているあの男が、あの男なんです」

とわけの分からないことをいってしまった。でもこの間は夜で、私の顔は分からなかったはずだ。婦人は、

「でも、『もしかして』と思って見ているのかしらね。これは本当に縁があるのかしらね。こんな縁なんかあってほしくはないけれど、考えなければいけない、そういう時期がきたということかしら」

私は気にしながらも、もう今年は何も起こらないようにと願うしかなかった。

その日は父と母が上京してくる日だった。私は仕事を半日で上げてもらい、上野駅に向

かった。

「今は新幹線があるから早く着いていいね」

と二人とも子供みたいにはしゃいでいる。それを見ながら、年をとった両親に私は心配ばかりかけて親不孝な娘だと思った。それでも、

「典子のお腹から生まれた波子は、私たちの孫には違いない」

そういって山を売り、学資を援助してくれた。生まれたばかりのときは私も父も母ものすごい抵抗があったのは事実である。だが、時がたつにつれて本当の愛情が芽生えてきたのが不思議だった。

外で夕食をすませ、家に帰りホッとしながら、私はつい先日もあの男がいたことを話した。父はやさしく、私に諭すようにいった。

「一度は会って話をした方がいい。波子には何もいわない、知らせない。その男にだけ本当のことを話し、二度とこの近くには来てくれるなと、そういうしかない。それともまったく知らないふりで通せるかな。それは無理だよ。あの忌まわしいことを思い出す。そうすれば、お前がまた傷つくことになる。長い間かかって傷口が癒えたのに、同じ過去でも

う傷つくことはないよ」

　無事に日出子さんの結婚式がすみ、私たちはフランスから成田に帰ってきた。

　教会のご夫妻は、教一君が立派な牧師に成長していたので、涙を浮かべて喜んでいた。あと二年すれば日本に帰り、教会のあとを継ぐといっていた。フランス人の恋人もできて、日本に帰るときは一緒に連れてくるともいっていた。

　フランスを発つときに、波子が私に聞いた。

「もし、私にフランス人の恋人がいて結婚したいといったら、お母さん、許してくれる？」

「えっ、そういう人、いるの？　でも、いても当然よね。それは波子の人生なんだから、あなたがこれが一番と思ったらいいのよ。お母さんの人生とは違うのよ」

　と私がいうと、波子はニコッとしていった。

「まっ、そのときがきたら真剣に悩むわ」

　父と母を上野駅に送っていく朝は、冷たい雨が降っていた。港の道を歩きながら、

「さすがに日曜日でも雨の日は人がいないわね」

と母がいった。私は、

「そうね。風が冷たいから、人は来ないでしょ」

でも、電車は満員だった。まだ初詣にいく人もかなりいるようで、

「一月の電車はいつもこんなよ」

と話しながら二人を見送った。


二月が過ぎて、花の季節が巡ってきた。久しぶりに私が友達を誘い、三渓園に花を見にいったときだった。まだそんなに暖かくはないのに、石の上に座り、カメラでスイセンの花を一生懸命に撮っている男の人がいた。友達はササッと寄っていって、その男に声をかけた。

「何を撮っているんですか」

「スイセンですよ。可憐で清楚でやさしくて、見ているだけで心が洗われるでしょう」

と男は顔を上げていいながら、私を見て会釈した。

（あっ、あの男）

そのとき、男は私に向かい、

「以前どこかで……。そうだ、港でお会いしましたよね。ほら夕方、雨の降りそうなあの日。私の記憶に間違いがなければ、あのときの奥さんですよね」

「どなたかとお間違いでしょ」

と私は夢中でいった。男は、

「間違いないよ、その声。あのときは薄暗くて、顔まではははっきりと分からなかったけれど、僕が一方的に話していたとき、一言か二言、返事をしてくれたから、声は忘れていないよ」

私は慌てていた。こんなところで、思いも寄らずに出会うなんて……。とにかくこの場から逃げたい、それだけしか頭に浮かんでこなかった。

やりとりを聞いていた友達は、

「あら、知り合いだったの。どういうつながりなの」

「何もないわよ。つながりなんて。さっ、いきましょ」

と私は先に歩き出した。友達は男と一言言葉を交して、駆けてきた。

「何を話したの？」

私が聞くと、友達は、

「内緒」

と答えた。そして園内を見て回り、お腹に何か入れましょうと私たちは園を出て、ファミリーレストランに寄った。平日だというのになぜこんなに混んでいるのだろう。

「世の中、平和ね」

と二人で案内された席に座って驚いた。

隣になんと、あの男が座っていたのだ。

「あれ、またお会いしましたね」

「本当。二度あることは三度っていうから、もう一度会うわね。面倒だから、ご一緒に食事しましょ」

と、友達が私の気持ちとは別に事を運んでしまい、結局同じテーブルにつくことになってしまった。友達はうれしそうに男に話しかけていた。

そして一時間ほどで食事をすませ帰ろうとしたとき、男が「車で送りましょう」といっ

てきたが私は断った。なのに、友達は、

「せっかくお近づきになれたのだから」

といって乗りこんでしまった。仕方なく、私も送ってもらうことにした。

走っている間も、私はあまり話さなかった。それよりも、あの忌まわしい過去が体のどこかから甦ってくるのを恐れていた。私は、

「ここでいいです。ありがとうございました」

と、港のところで車を降りた。友達は「自宅前までお願い」といって帰っていった。

そしてその夜のこと、こんな時間に、と思うほど遅くに電話が鳴った。私は父か母に何か起きたのではと思い、電話に飛びついた。聞こえてきた声は、あの男の声だった。とっさに、受話器を置こうとしたとき、

「そのまま聞いてください」

と男の太い声が耳に入ってきたが、私は話す気にはなれず、そのまま電話を切った。

まんじりともしないうちに朝になってしまった。私は家を早めに出て、教会に寄り、男の存在がもうどうにもならないところまできていることを話した。そして、牧師様が会っ

て話をしてみようということになった。

その日の夜、再び男から電話がかかってきたので、今度の日曜日、教会で会う約束をした。不安で不安でたまらない日々が過ぎていった。

今日は約束の日、男はまさか昔暴力で犯した女だなんて知る由もない。そしてその哀しみをずっと抱えて生きてきたなんて、どんな顔をして聞くのだろう。

十時に男は教会にやってきた。そして私を見つけると、にこにこと近づいてきた。

「やあ、おはようございます」

私もさりげなく答えた。そして私に向かい、男は聞いた。

「クリスチャンだったんですか」

「いいえ、違います。私は神様を信じませんから」

といって、男を牧師様の前に連れていった。男は教会の中を見渡して、

「意外ですね。写真展や雑誌で見る教会は、もっときらびやかでいろいろなものが飾ってありますよね。それなのに、この教会は質素ですね」

と期待してきたのか、少しがっかりしたいい方に、私はむっとした。

「飾りなんて何になるのですか。要は信仰する心です」

と私がいえば牧師様は、

「その通りです」

といった。そして誰もいないのを確かめて、牧師様は男を呼んだ。男は返事をしたものの、なんだろうと少し不思議そうな顔をして牧師様の前に腰かけた。牧師様は私に席を外すよう目で合図をした。

私は波子を生んだばかりのときに置いていただいていた部屋で一人、あのころの辛く苦しかったときのことを思い出していた。この二十二年間、波子を生き甲斐に生きてきたが、自分の中では絶えず、

（これが本当の人間らしい生き方なのか。私だって人並みに恋をして、好きな人の子供が生みたかった。そして夫と、子供に『お父さん、お母さん』と呼ばれる生活がしたかったわ。あの男のためにあのとき、私の人生は終わったのだわ。あの男に遭わなければ、私は普通の生活ができたはず……）

そう思っていた。

そして、そう思うとき、必ず哀しさと悔しさが湧いてきていた。

そこへ婦人がやってきた。

「牧師様がお呼びよ。大丈夫？　私も一緒にいきましょうか」

といってくださった。私は、

「お願いします。そばにいてください」

といって、部屋を出た。

ドアをノックして中を見て、私は、

「どうしたんですか」

と牧師様に尋ねた。男がいなかったのだ。「どこへ」といったところで牧師様は、

「彼にはすべてを話したよ。初めはきょとんとして聞いていたけれど、自分の中で思い当たることだったのでしょう、だんだんにうなずき、何度もうなずきながら、そのうち泣き出したよ。そしてこういった。

『山下公園で会ったとき、僕はどこか惹かれるものを感じていた。そして僕の心のどこかで、初めて会った感じはしなかった。それだったんですね。彼女には取り返しのつかない

人生を送らせてしまった。どうして償ったらいいか、教えてください。今、自分は彼女に会う勇気はありません。何も知らないでいた方がよかった。でもそれは彼女を苦しめることになるんですね。そうですか。今は何も考えることができません。今日はこのまま帰ります。この罪深い男を許してください。そう伝えてください』

泣きながら彼は帰っていったよ。気持ちが落ち着いてから連絡をしてくるでしょう」

私は気が抜けてしまった。あの忌まわしい夜から死ぬことばかり考えていたこと、そしてこちらのご夫妻に助けていただき、今を生きている。

（もしもあなたが私に償いを考えているのなら、二度と私たちの前に姿を見せないで。子供にも絶対に会わないで）

そう心の中に思っていることを投げつけるつもりでいた。それなのに、男は自分に絶望したのだろうか、私に会うことを避けて帰っていった。私はご夫妻とその場所で、いろいろと話をして家に帰った。朝からひどく緊張していたせいか、急に疲れがどっと出てきた。

そしてその後、男は姿を見せなかった。私は毎日帰りに港を眺めては、心を癒し、いつの間にか、男のことさえ忘れて暮らしていた。

第六章　私が夢に見た幸せ

蒸し暑い夏を迎えて、玄関先でホースを引いて網戸を洗っていたとき、私は帰ってくる波子の姿を遠くに見つけ、体が固まってしまった。

(なぜ、なぜ、なぜ)

私はホースの水を止めるのさえ忘れ、家の中に駆け込んでしまった。近くに洞窟があるのなら、私はそこに隠れたいと思った。

「お母さん、どうしたの。一体何があったの。ねえ、お母さん」

波子は、何がなんだか分からない様子で、玄関先で戸惑っていた。

「お母さん、こちらの方に駅からバッグを持っていただいたのよ。お礼をいってください。お母さん、お母さん」

戸口から私を呼ぶ声はしているけれど、

(とても出ていく勇気はないわ。今、私が出ていったとしたら大変なことになるわ)

「波子、その方にお礼をいって帰っていただいて」

そういうのが精一杯だった。男は、

「ごめんなさい。このお嬢さんがあなたの娘さんだとはまったく知らなかったので、突然なことでびっくりされたでしょう。では、これで失礼します」

といって帰ろうとしていた。波子は、

「ありがとうございました。母が大変失礼をしてごめんなさい。私は二週間ここにおりますので、どうぞまたお寄りください」

「ありがとう」

波子は私の部屋のドアを開けた。

「お母さん、あの人と何かあったの。さあ、もう帰っていないから出てきてよ。どうしたっていうのよ。聞いてあげるから話してよ」

私はなんとか落ち着いてきたので、波子に帰国の予定が違うことを尋ねた。それにはわけがあったようだ。波子の話によれば、教一君と一緒に帰る予定だったのに、教一君が急に帰れなくなってしまったので、久しぶりの日本に一日でも多くいたいと思って、それで一人で早めに帰ってきたというのだ。

「それよりも、先ほどの男性と何があったのか教えて。そういえばいつだったかしら、お母さんが何やら手紙らしき紙を丸めて、すごく念入りに細かくちぎっていたことがあったわよね。もしかして、やっぱりラブレターだったのね。でもよかった。お母さんにそんな人がいたなんて。一生独身を通して、死んだ私の父に操を守り通すなんてナンセンスよ、お母さん。私のことはもういいから、自分の生きたいように生きていってね。お母さんが生き生きしていてくれるのが私は一番うれしいの。あの方、とってもいい方よ。よくは知らないけれど、どこかで私とフィーリングが合うわよ。お母さん、そういうのって大事なことよ」

私は波子の話を聞きながら、

(何をバカな)

と思っていた。私は波子に、

「波子、なぜわざわざ『私、二週間ここにおります』なんていったの。来てくださいっていっているようじゃないの」

「いいじゃないの。私がいればあの人だって、そんなに無理をいわないでしょ。お母さんだって安心でしょ。私がいて、よかったでしょ」

(あなたがいるから、ややこしくなっているのよ)

と私は心の中でいっていた。

それから三日後の朝、電話が鳴った。私はドキッとした。

(あの男だったらどうしよう)

そう考えていたとき、波子が起き出して電話に出た。

「はい。あっ、母は仕事がありますので。分かりました。じゃ」

と電話を切った音がした。やはり男からだった。私は自分の部屋で目を閉じて、知らないふりをしていた。

「お母さん、あの方よ。今日、お会いしたいそうよ。夕方にもう一度電話をくれるそうよ。聞こえているわよね」

波子が部屋の前から話しかけた。

私は自分の覚悟の弱さに呆れていた。いざというときには度胸を据えていこうと、今まで何度覚悟をしたか。だが、今度という今度は逃げようがない。波子を傷つけないでどうすませるか、考えなければ。

こうなってしまった以上は、いずれは波子の耳にも入ることだろう。それならば、波子が知ったときのことを前提に、筋書きを考えなければならない。それには、波子を抜きにして一度会う必要がある。私は「教会にいく」といって起き出して、食事の支度にかかった。波子は、

「何しにいくの」

と聞いてきたが、私は「ちょっとね」とごまかした。

「教会にいってからそのまま仕事にいきますから、あとはお願いね」

そういって私は家を出た。

私は教会に寄って、今朝、布団の中で考えていたことを話した。婦人も私の気持ちをよく理解してくださり、

「とうとう、くるべきときがきたのね。本当は万に一つも、あってほしくないことだったのに」

といった。

男と二人で会うことに、私は躊躇していた。二人だけの時間なんて、考えてみてもぞっ

とする。その私の気持ちを牧師様は察してくださり、

「ここで会いなさい。それが一番いい」

そういってくださった。そして、

「もう一度、この場所においでください」

と男に連絡もしてくださった。私は、

「何から何まで、ご心配をかけてすみません」

そういって仕事に出かけた。

私は一日中、落ち着きをなくしていた。まったく仕事にならなかった。見かねた同僚に、

「もう帰りなさい。そんなことでは周りが迷惑するわ」

といわれてしまった。

夜までの時間を、何をしてつぶしたらいいか分からなかった。ただ当てもなく元町のお店を出たり入ったりして、夢遊病者のようにふらふらとさまよった。時間だけが過ぎていく。一人でただ歩いていても、胸に抱えているものが時間とともに大きく広がり、息苦し

そうだった。

さを覚えるようになって、このままでは男と会って話をする前に私自身がつぶれてしまい

元町を通り抜けて、海の見えるベンチに腰を下ろし、しばらく海に漂うはしけをただ見ていた。

まだ約束の時間まではだいぶあるので、しばらくは海を見ながら気持ちを落ち着かせようとした。私はあの男と向き合ったとき、なんといって話し出せばいいのだろうか。今さら泣いてもわめいても仕方ない。でも、私の人生を変えてしまった事実は許せない。ああもいおう、こうもいおうと思い連ねていた。

そのとき、ふと私は背後に人の気配を感じた。振り返ってみると、

「お母さん、どうしたの。会社に電話をかけたのよ。今日は体の具合が悪いといって午前中で帰ったというじゃない。教会に電話しても来ていないというし、体の具合が悪いなんて今まで一度だってなかったのに、どうしたの。もしかしてあのおじ様に会うのが原因なの。中川秀さんっていっていたかしら。そうなの？　そんなに会いたくないならば仕方ないけど、何があったの。会いたくない原因があるんでしょ。私が聞いてあげるから、家に

帰りましょう。そうそう、中川さんね、今日は都合が悪くて来られなくなったって電話があったわ。それを知らせようとして会社に電話をかけたのよ。そうしたら、『もう帰りました』って、『えっ』と思ったのよ。どこにいるかしらと思い、昔からお母さんは何かあると港に来て海を見ていたから、きっとここだわと思って。そしたらやっぱりいたのね。昔の私のお父さんのこと、偲んでいたのね。そんなに好きだったの。そうよね、結婚もしないで私を生み、育ててきたんだから、すごい愛情よね。海に眠っている私のお父さんも、きっと喜んでいるでしょうね」

波子はなおも海に向かい、いった。

「お父さん、もうお母さん、結婚してもいいわね。お母さんが幸せになる邪魔をしないでね」

私は大声を上げて「違う、違う」と叫びたかった。

何も知らない波子にこれから話すことは、あまりに残酷すぎる。なんとかしなければ。

とにかく家に一度帰らなければ波子が不審に思うと考えて、「家に帰りますよ」といった。

家に向かう途中、私はわざと話を変えて、大学に入学したときのことを持ち出した。

「波子、法律の学校に入学したのに、どうしてテレビ局に勤めたの？」

「とくに理由はなかったけれど、たまたま日出子さんがテレビ局に体験研修にいくことになったの。これは誰でも自由に体験できるのよ。私もおもしろそうね、と一緒にいったのよ。そしてね、応募者が多いので受かる確率は低いだろう、どっちみち駄目もとで受けてみた結果、受かってしまったというわけ。法律は年をとってからでもできるけれど、テレビのキャスターは若いときだけでしょ。それに、私が受からなければ誰か他の人が一人入社できたのに、面白半分で受けてみたとはいえ、お断りしたら入社できなかったその人にも、真剣に選んでくださった局に対しても無責任になってしまう。少しは法律に携わる勉強をしてきた人間として、責任を負わなければと思ったの。そして、今はよかったと思っているの。楽しいし、こうして仕事で日本にもときどき帰ることができるから。そうすればお母さんの恋愛にも協力できるしね」

波子は笑いながら、私の顔をのぞくようにいった。ようやく高ぶっていた気持ちも落ち着き、波子の話に耳を傾けていた。

「そうだったの。どんな形でも入社した以上は、陰で自分のために涙をのんで諦めた人もいた、そういうことを心してがんばればいいのよ。これもあなたが選んだ人生かもね」

二人は珍しく、人生について話し出していた。

家に着いても、二人は食事をしながら時間を忘れていた。そして、突然、電話が鳴り、教会から「男が待っている」という知らせを受けたとき、急に現実に引き戻され、慌てて出かけていった。波子には、

「なんの話かは、帰ってから話すから」

といって出かけてきた。

教会に向かいながら、男が現実を知ってから初めて二人で会うことになる私の胸は、ものすごい速さで高鳴り出していた。両手をついて私の前に頭を下げるだろうか、それとも静かに、若気の至りだといつかのように弁明して詫びるのか、それとも私が泣いてわめいて大騒ぎをして収まるのを待つのだろうか。

（ああ、どうしたらいいのやら。もう逃げられない）

と思っていたら、いつのまにか、教会に着いてしまった。

私は、教会の前で大きく深呼吸をして、拳で胸をぽんと叩いて自分に活を入れ、ドアを

開けて中に入った。婦人が迎えてくださった。そして、

「私たちは、隣の部屋におりますからね」

といって、男の待っている部屋のドアを開けた。私の背中をそっと押し、「さぁ」と私を促した。

ほんの何分かの時間が、私にはものすごく長く長く感じられた。体中の筋肉がこわばり、唇はわなわなと小刻みに震えていた。そのとき、男は口を開いた。

「僕には、何もいう資格はありません。どうか今までのすべてを投げつけてください。どんな言葉でもかまいません。それでも足りなければ、この体をどうにでも、あなたの気のすむようにしてください。それしか今の僕にはいえません。留置場の中で自殺をしようともしました。でも死ぬ勇気がなかった。自分の手で死ぬこともできない情けない男です。あなたに殺してもらえれば本望です。そのときのために、あなたが罪にならないように遺書も書いてあります。どうぞあなたの気のすむようにお願いします」

そういって男は、私の前に膝をついて頭を下げた。私は思わず後ずさりしながら、

「いいたいことはあり過ぎて、言葉にならないわ。今さらあなたを殺して何になるの。こ

の先、今度はその罪のために苦しむの。私の一生は屈辱と殺人の罪、それだけなの。私はなんのために生まれてきたの。私には人並みの生活を望むことはできないの。あなたに乱暴されて、妊娠して、死ぬほどの苦しみを背負いながら、誰も知らない町に来て、周りの人たちのやさしさと励ましで子供を生み、育ててきたわ。ときにはその子供を抱きながらあの忌まわしいときが思い出され、この子を殺して私も死のうと何度も思い、そのたびにあのかわいい笑顔を見て私は思い留めてきたの。この子さえいなければ忘れて生きていくことができるのに、そうも思ったわ。誰かを好きになっても、心のどこかでいつもあのときのことが思い出され、男性不信になってしまっていた。私だって幸せを夢に見たこともあった。人並みでいい。つつましく、笑いのある、父と母のようにやさしく、思い合って静かに生きていきたかった。あなたが私から、私のすべてを奪ってしまったのよ。テレビにあなたが出ているのを見たわ。過去の罪を償い、若者のよき相談者に変身したというあなたを。誰に誰の罪を償ったんですか。償いができるのなら、私を元通りにしてくださ い。あなたが私に償いをするというのなら、私を元通りにしてください。それしかありません」

私は一気にいってしまった。興奮してきたせいか、体中に汗さえにじんでいた。

沈黙が流れた。まだまだいい出したら、限りなく言葉がほとばしるように出てきそうだった。その沈黙の中で私は感じていた。どんなに汚い言葉でののしっても、胸の中にあるすべてを男に投げつけても、私の心の中は全然軽くはならない。少しでも心の中がすーっとするのなら、どこか救われるのに。

彼は膝を床についたまま、涙を浮かべて、

「許してください。これからのあなたに僕は生きている限り、僕にできるすべてを賭けて償います。どうしたらいいか、なんでもいってください」

もう、何をいっても空しさが体中をけだるくしていた。この空しさは、一体なんなんだろう。二十三年間がこんなに空虚化してしまっていたなんて、私自身が信じられなかった。いつか牧師様が、

「聖書には罪を憎んで人を憎まずという言葉がある」

と私が一番苦しんでいたとき、聖書を読んでお話をしてくださったことがあった。その言葉を聞きながら、私の心はどこかで男を許していたのだろうか。それとも、許したはず

はないけれど、波子を育てているうちに心の傷は癒えていたのかもしれない。

「人はその人を許すことによって、自分も救われることもある」

とも牧師様はいった。こういうことなのか。私は思いきって、

「どうぞ、椅子にかけてください」

といい、自分も椅子に腰を下ろした。男は、

「すみません」

と一言いった。私は波子のことを切り出した。

「絶対に父親と名乗らないことを約束してください。公園で出会った私の友達、そういうことにしてください。それ以外はいわない。それで、なるべくなら会わないでほしい。お願いします。もし波子に私との結婚について聞かれたときは、縁がなかったといってください」

男は私のいったすべてを承知してくれた。私はホッとして、隣の部屋にいるご夫妻のところにいった。そしてご夫妻も加わってあらためて話し合い、後日、波子と私と三人の食事も、

「波子と二人でいくことにしてください。私は田舎の同窓会にいくことにして、留守にしますから」

といって、私は教会を出た。時間はもう十時を過ぎていた。男が後ろから駆けてきた。そしてもう一度、頭を下げて、

「典子さん、本当に本当に申し訳ありませんでした。許してください。許してください」

「もう二十三年も前のこと、許さないといったらどうなさるの。もう過ぎたこと。ただいえることは、今度はあなたが自分の過去のために、現実を目の前に苦しみながら生きていくことね」

思わず、口に出てしまった言葉に自分でハッとしながらも、心の何処かで、何時かは本当のことを波子が知るときがくるだろう。男とは本当の親子、それは真実として隠しては通れないこと。そのときが少しでも遅くくることを祈るしかないわ。愛して、慈しみ、何時も波子の幸せを願ってきた、私の心。年老いた私の両親、教会のご夫妻、そんな周りの人たちの心を波子自身が一番解っているはず。私は、波子を信じようと心に思った。

〔完〕

著者プロフィール

藤　ゆき子（ふじ ゆきこ）

昭和38年、結婚。昭和54年より横浜市内のデパート勤務。
平成14年3月までメーカーの派遣販売員として、婦人服の販売をする。

幸せは夢

2002年12月15日　初版第1刷発行

著　者　藤 ゆき子
発行者　瓜谷 綱延
発行所　株式会社文芸社
〒160-0022 東京都新宿区新宿1－10－1
電話 03-5369-3060（編集）
03-5369-2299（販売）
振替 00190-8-728265

印刷所　株式会社ユニックス

ISBN4-8355-4894-9 C0093